KB165732

미하엘 엔데의
글쓰기

미하엘 엔데의
글쓰기

이야기의 여백에 관한 대화

미하엘 엔데 지음

다무라 도시오 엮음
김영란 옮김

글항아리

차
례
—

제1장

쓴다는 것

1993년 7월, 바트 욀츠에서.
미하엘 엔데(왼쪽)와 인터뷰어인 다무라 도시오.

엔데의 문학에 관하여

다무라 도시오

엔데 문학에서 무엇보다 흥미로운 점은 이야기에 등장하는 다양한 이름과 그것들의 소리 혹은 울림일 것이다. 엔데는 작품 속에서 독자를 기이한 이름이나 언어가 지닌 울림의 세계로 이끈다.

이를테면 '모모'라는 이름은, 일본인에게는 친숙하고 거부감이 없지만, 원작인 독일어로는 이색적이라 할 수 있다. 사람이나 사물에 이름을 붙이는 행위는 『끝없는 이야기』에서도 작품의 중요한 요소가 되는데, '아이우올라'나 '그몰크' 또는 '아트레유'와 같은 이름들은 엔데의 마음속 어디서부터 나오는 걸까. 이들 이름의 소리와 울림이 본질과 잘 들어맞는 만큼 신기한 기분마저 든다.

물론 어디까지나 독자로서 품는 호기심이다. 화가가 그려낸 색채를 세세하게 분석해본들 궁극적으로 예술 자체의 수수께끼는 풀리지 않듯이, 이들 이름을 분석하고 의미를 찾아낸다는 게 부질없는 일인지도 모르겠다. 이런 이름을 저편 어딘가로부터 알아듣는 것이 예로부터 시인의 역할 아니던가.

엔데의 문학에서 이러한 소리나 울림은 마치 교향곡처럼 똑 떨어지는 규칙과 흐름을 낳는다. 이야기에서 규칙성을 추구하려는 생각은 이미 초기의 출세작『짐 크노프』시리즈(이하『짐 크노프』)에서 움트고 있다.『짐 크노프와 기관사 루카스』의 서두를 읽어보면 이렇다. 아주 작은 섬 룸머란트에는 루카스와 기관차 엠마가 살고 있는데, 어느 날 집배원이 그곳으로 소포를 배달한다. 열어봤더니 그 안에 짐 크노프가 들어 있는 게 아닌가. 그러니까 손바닥만 한 섬에 아이가 한 명 더 늘어난 것이다. 다 같이 지내기에는 섬이 너무 작았고 누군가는 쫓겨날 신세가 되는데, 그게 바로 기관차 엠마였다. 하지만 루카스와 짐은 엠마를 혼자 내보내지 않고 함께 섬을 떠나면서 '대모험 여행'이 시작된다.

이야기란 하나의 자율적인 세계를 만들어내는 활동일 것이다. 이 활동은 어떻게 시작되는 걸까. 따지고 보면 이야기에 내재된 요소만으로 성립된다는 걸 알 수 있다. 그러니까 이야기를 읽어 내려가다보면 거기에 하나의 세계가 출현하리라는 예감이 들고, 또 그 세계를 분명한 것으로 체험하게 된다는 말이다. 즉, 독자는 이야기 속에 들어가 있을 때 확고한 신뢰감을 느낀다. 물론 여기서 원인과 결과라는 논리성을 벗어나지는 못한다.

후에 엔데는 인과논리를 넘어서려 애썼고 그 노력은 『거울 속의 거울』에서 하나의 작품으로 결실을 맺는다. 그런데 이미 초기 작품인 『짐 크노프』에서도 이런 규칙과 이야기의 자율성을 중시하는 엔데의 자세가 엿보인다는 점은 굉장히 흥미롭다. 이렇게 태어난 엔데의 이야기는 작가나 독자 모두에게 체험의 장이다. 또한 독자는 이야기와 작가의 이러한 관계에 바싹 다가감으로써 이야기 속에서 작가의 성실성을 느낄 수 있다. 적어도 나는 그렇게 느꼈다.

더욱이 엔데의 문학에서 항상 눈에 들어오는 것은 유머다. 엔데의 작품에는 어디나 늘 따뜻한 유머가 밑바닥에 흐르고 있는 듯하다. 엔데는 「영원히 어리다는 것에 관하여」(『엔데의 메모 상자』에 수록)에서 유머에 대해 이렇게 말한다. 인간이라는 불완전한 존재가 절대자인 신 앞에서 자신의 불완전성에 절망하지 않는 것, 그것이 바로 인간의 숙명임을 깨달으며 따뜻하고도 여유로운 미소를 짓는 태도라고. 그리고 엔데는 인간이 '아름다움美'이라는 초월적인 것과 친교하는 행위인 예술에서도 유머는 기본적인 태도임을 말하고 싶었을 것이다.

많은 독자가 엔데의 문학을 사랑하는 이유는 분명 엔데 특유의 성실함과 따뜻한 유머에 매료되었기 때문일 것이다.

나아가 성실함과 유머는 '놀이'의 요소이기도 하다.

언어 그리고 이름

말은 소설을 구성하는 가장 주된 요소인데, 그런 면에서 이번 책(『엔데의 메모 상자』)에 언어유희가 목적인 이야기가 포함되어 있나요?

제 그림책 『온순하고 말쑥하며 시끄러운 나비』는 여러 나라 말로 번역되었는데, 독일어 언어유희가 이 책의 묘미입니다. 슈메터링과 링토브룸이 링토링과 슈메터브룸이 되었거든요. 독일어가 아니고서는 불가능한 일이죠.

슈메터링(나비)과 링토브룸(전설에 등장하는 용)을 그 구성 요소, 그러니까 슈메타(되다)라든지 링토(온순하다)의 의미까지 담아서 다른 나라 말로 옮길 수는 없으니 언어유희도 당연히 전달되지 않겠군요.

그래서인지 다들 다른 이름을 붙였더군요. '시끄러운 것'이라든지 뭐 여러 가지가 있습니다만, 당연히 독일어에서 맛볼 수 있는 재미는 없는 거죠. 번역된 언어로는 언어유희가 사라져버립니다. 직역을 하면 의미가 이상해지니까요. 번역으로는 독일어의 말장난을 살릴 수가 없습니다.

거꾸로 일본어를 독일어로 옮길 때도 마찬가지 현상이 일어납니다.

반대 상황도 그렇겠죠. 만약 일본어를 독일어로 옮길 때 들어맞는 말이 없다면, 나라면 일본어로는 이런이런 의미라고 각주를 달겠어요. 예를 들어 '엔데'('終〔마칠 종〕'의 의미)를 일본어로는 문자 그대로 읽으면('終'을 변과 방으로 분해해서) '冬〔겨울 동, 독일어로 winter〕糸〔실 사, 독일어로 faden〕'가 된다고 하더군요. 그렇다면 '겨울 실'을 활용해서 일본어로 언어유희가 가능하지 않을까요? 하지만 독일어로 'ENDE'라고 쓰면 그게 안 됩니다. 그러니까 엔데를 일본어 한자로 쓰고 '겨울 실'로 읽는다고 덧붙여야겠죠…….

얼마 전에는 '겨울 실(윈터 패든)'이라는 필명을 사용한 적도

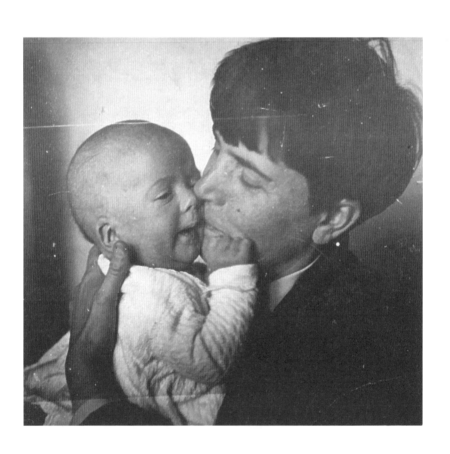

어머니 루이제와 미하엘 엔데. 1929년(추정).

있습니다. 여담인데, 티네만사 사장인 한스베르크 바이트브레히트의 생일을 기념해서 작가 여러 명이 한 장씩 글을 쓰고 책으로 엮었어요. 나는 그 책 맨 끝에 비평을 쓴 다음 '겨울 실'이라고 서명했답니다.

『온순하고 말쑥하며 시끄러운 나비』도 '이름'이 키포인트입니다만, 『모모』에서는 어떤가요? 여기에 등장하는 이름에 어떤 유래나 의미가 있습니까?

'모모'라는 이름에 특별한 의미는 없어요. 다만 어린아이가 스스로 자기 이름을 짓는다면 뭔가 부드럽고 발음하기 쉬운 것이지 않을까 하고 생각했습니다. 모모의 알파벳 M은 마마의 M이에요. 거의 모든 언어에서 엄마는 마마라 불리죠. 그래서 '모모' 하고 내뱉듯이, 어린아이라면 자기 이름을 그렇게 부르지 않을까 하고 떠올려봤습니다.

그렇군요. 모모라는 이름의 유래에 대해서는 온갖 억측이 있었잖아요.

네, 그랬죠. 꽤 여러 가지로 이해하고 있더군요. 실제로 모모라 불리는 것이 많죠. 인도 모성의 신이 그렇고, 리우 카니발에 등장하는 풍만한 여성들도 모모입니다. 하지만 그런 걸 염두에 둔 건 아니에요.

아마 전에도 말했던 것 같은데, 베를린에서 모모에 관한 학술 세미나가 열린 적이 있었죠.

아, 세미콜론 이야기요?

저마다 연구한 내용을 발표하는 자리에 초대받았습니다. 그 덕에 베를린까지 가서 듣게 됐죠.

그중 한 명이 『모모』의 구두법에 대해서 논문을 썼더군요. 그 학생은 『모모』 전체에서 세미콜론이 한 번도 나오지 않은 것에 의구심을 품었습니다. 마침표나 쉼표, 콜론은 나오지만 세미콜론은 하나도 없는데 세미콜론이라는 혼합된 문장 부호는 『모모』처럼 꾸밈이 없는 책에서는 사용되지 않았다는 이론을 펼치더라고요. 발표를 끝낸 다음 자기 말이 맞는지 묻더군요. 내 생각과 같은지 말이에요.

내 대답은 "아니요, 전혀 그렇게 생각하지 않습니다"였습니다. 왜냐하면 이유는 아주 단순했기 때문이에요. 그 무렵 내가 썼던 이탈리아제 타자기에 세미콜론이 없었어요. 이탈리아어에는 세미콜론이 없으니까요.

세미나 참가자가 그 말을 듣고 뭐라고 하던가요?

사회자가 어지간히 당황한 눈치였습니다. 말미에 자기네가 이렇게 연구한 것은 어쩌면 아무짝에도 쓸모없는 걸지도 모른다면서 볼멘소리를 하더군요. 그래서 나는 이미 오래전부터 그렇게 생각해왔다고 말했습니다. 대개 진실은 가까이 있고 생각보다 단순하며 간단합니다. 그렇게 거창하거나 비밀스럽고 또 심원한 의미가 있는 게 아니거든요. 그렇지만 가끔은 작가가 원래 생각했던 것보다 훨씬 더 깊은 의미를 지니기도 해요. 나중에 가서야 여러 겹의 의미가 있음을 깨닫지만 대체로 별 생각 없이 그렇게 되어 있죠.

글쓰기도 그렇지만, 우리의 행위들이요. 거기에 감춰진 의미나 무의미는 쉽사리 모습을 드러내지 않는가 하면 또 바로 눈앞에 있는 것 같기도 합니다. 그런데 모모의 M과 같이 이름을 구성하는 각각의 소리는 어떻습니까?

(유대인에게 전승된 지혜를 모아놓은) 카발라에 흥미를 느끼면서 이미 음의 본질에 상당히 집중해왔기 때문에 나는 s가 k나 t와는 아주 다르다는 것을 감각적으로 알고 있었어요. s, k, t는 어느 것 하나 음이 같지 않고, 카발라에서 언급되었듯이 이 자음들은 세

아버지 에드가와 미하엘 엔데. 가르미슈파르텐키르헨(이하 '가르미슈')에서.

상의 모든 원리를 나타냅니다. 헤브라이어의 스물두 개 문자도 각각 세상의 원리를 모두 표현하고 있지요.

그러니까 오랫동안 이런 것들에 몰두해 있다보면(뭐라고 해야 좋을까요), 가령 사자의 이름을 고민할 때면 불꽃의 사자니까 그라오그라만이라는 이름이 저절로 떠오르고 또 (다른 연상 작용으로) 아트레유라든지, 그모르크라는 이름이 연상됩니다. 그모르크는 늑대 인간인데, 이름을 아이우올라로 하면 이상하겠죠. 그건 아무래도 걸맞지 않지요. 그래서 늑대 인간은 그모르크인 거죠. (나직이 으르렁 소리를 낸다.)

늑대 인간이 아이우올라처럼 선율이 있고 모음이 많이 들어간 이름을 갖는 건 아무래도 이상해요. 아이우올라는 뒤에 어떤 여성 그러니까 아이우올라 부인이 나오는데, 이건 잘 어울려요. 이탈리아어로 화단이라는 뜻의 아이우올라는 거의 모음으로 이루어져 있어요. 정말로 눈앞에 화단이 떠오르죠. 그런데 밤에 활보하면서 물고 뜯고 찢는 늑대 인간이 이런 이름을 갖다는 건 상상할 수도 없습니다. 그래서 그모르크인 겁니다.

언어에 따른 차이도 있겠네요.

언어에 따라서 느낌이 달라진다는 건 잘 알고 있습니다만, 적어도 유럽어에서는 비슷해요. 하지만 그 속에서도 약간의 차이는 있어요. 예를 들면 변라하차르크는 어딘지 모르게 스웨덴어의 울림이 있어요. 이게 실마리가 되는 거죠. 그래서 북쪽 어딘가에서 온 말이라는 걸 알아차립니다.

아트레유는 어떻습니까?

영웅의 이름에는 대개 -tr-이 들어가요. 이를테면 아르투르(= 아서)가 그렇죠. 그렇다고 굉장히 골똘히 고민하는 건 아니에요. 그냥 집필하면서 등장인물을 생각했을 때 떠오른 이름들을 죽 적어둬요. (예를 들면) 아우린의 경우, 인도 게르만어와 셈어족에서 '금'이나 '빛'을 나타내는 음절은 -aor-나 -or-이 있어요. 아우룸은 금, 아우로라는 여명이라는 뜻인데, 나는 그런 식으로 아우리움이라든지 여러 이름을 연상했다가 마지막까지 남은 게 아우린이었어요. 왜냐하면 어미의 -in- 때문에 뭔가 동화 같은 이미지가 떠오르거든요. 라우린도 그런 편인데 발음에서 어딘지 켈트어 느낌이 나죠.

이런 식으로 매일 (목록의) 이름을 지우거나 새로운 게 생각나면 추가하면서 어울리는 이름이 남을 때까지 반복했어요. 이때 어울린다는 건 지극히 감각적인 것이죠. 모든 걸 따져보고 조합하는 게 아니라 감성에 의지해서 정해버려요.

등장인물들에는 우선 임시로 이름을 붙여둡니다. 일일이 설명을 달지 않아도 이름만 보면 누군지 분간이 되게끔 말이죠. 등장인물을 떠올렸을 때 처음부터 어울리는 이름이 생각나기도 하고, 시간이 좀 걸리기도 해요. 후자의 경우 원고를 전체적으로 다시 고쳐 써야 하지만, 대개 처음에 생각한 이름이 어울리는 편이라 그대로 써내려갑니다.

그러면 궁금한 게 『끝없는 이야기』를 쓰실 때 시작은 어떻게 하셨나요?

처음에 어느 정도 분량이 되는 이야기를 썼어요. 하지만 작품의 첫머리가 아니라 한가운데였죠. 그러니까 『끝없는 이야기』는 10장에서 아트레유가 하늘을 나는데, 어떤 때는 높이, 어떤 때는 낮게 날아가는 대목이 있습니다. 아마 10장이 맞을 거예요. 거기서 시작했어요. 가장 먼저 쓴 장이죠. 1장은 가장 마지막에 쓴 것이고요. 어떻게 진행되고, 어떤 느낌으로, 무슨 일이 일어날지 대강 알고 있는 지점부터 써내려가기 시작했어요. 거기서부터 뒤로 왔다가, 다시 앞으로 갔습니다.

그렇다면 이 작품을 구상하게 된 계기는 무엇이었나요?

바로 『엔데의 메모 상자』에 수록된 메모가 발단이 됐어요. 아마 여행을 할 때 끼적여둔 것 같은데, 어떤 이야기를 읽고 있는 소년이 실제로 그 이야기 속으로 들어가버려 쉽사리 나올 수 없게 되었다고만 써두었더라고요.

하루는 저녁에 우리 집에서 내 책을 내고 있는 티네만 출판사의 한스베르크 바이트브레히트 사장과 와인을 마시게 됐어요. 그가 "이제 슬슬 차기 대작을 쓰셔야지요"라고 말을 꺼내더군요. 그런데 딱히 떠오르는 아이디어가 없었어요.

그길로 나는 메모 상자를 가지고 와서 거기 들어 있는 메모를 순서대로 읽어봤죠. 좀 전에 말한 그 메모를 꺼내 읽었더니 바이트브레히트가 "그거 참 재미있겠는데요. 그걸로 하는 게 어때요"라는 게 아니겠어요. 그래서 "그런가요? 그런데 분량이 많지 않아요. 기껏해야 100쪽 정도겠네요. 그 이상은 어려워요"라고 했더니 그거면 충분하니, 이듬해까지 원고를 써달라고 하더군요. 나도 100쪽 정도면 괜찮겠다 싶어서 알겠다고 했고요.

그렇게 쓰기 시작했는데 집필을 하다보니 뜻밖에 소재가 마구 솟구쳤습니다.

이야기의 자율성
그리고 책이라는 이름의 모험

그렇게 집필 작업에 들어갔어요. 일단 심혈을 기울여 작업하면서 생각에 생각을 더해갔죠. 이 책(『끝없는 이야기』)은 어느 소년의 이야기예요. 말 그대로 한 소년이 이야기 속으로 들어가는 설정이죠. 이런 일은 누구에게 일어날까? 이런 일이 일어나려면 소년은 어떤 아이여야 할까? 누구에게나 벌어지는 일은 아니니까. 소년의 성격은 어때야 하나? 정말로 이야기 속으로 빨려 들어가버리면 소년의 인생은 어떻게 될까?

이런 것을 고려하다보니 처음에는 전혀 다른 바스티안이 탄생했어요. 책을 중반까지 쓴 상태였는데 이 바스티안으로는 아무래도 결말이 어설프겠더라고요. 마무리가 매끄럽지 않은 느낌이랄까. 이 아이는 몸집이 작은 데다 이른바 불량기라는 게 약간 있어서 친구들에게 먼저 다가가거나 하는 기질이 아니에

요. 이런 바스티안이라면 환상의 세계에서 다시 돌아올 리가 없
겠죠.

그렇지만 바스티안이 환상의 세계에서 돌아와야만 이 이
야기의 본질에 들어맞을 텐데요.

나는 바스티안이 결국 돌아올 수밖에 없다고 생각했어요. 어떻
게 돌아올 것인지는 오리무중이었지만 말이에요. 그 순간 불현
듯 깨달았습니다. 안 돼, 안 돼, 완전히 다시 쓰지 않으면 안 된
다고요. 그길로 전부 지우고 처음부터 다시 썼습니다.

이번에는 마음속으로는 다른 아이들과 어울리고 싶어하지만,
친구들에게 미움을 받는 아이로 정했어요. 유년 시절에 내가 알
고 지냈던 아이들의 기억을 조금씩 반영했습니다. 또 한편으로
는 독자들을 이야기 속으로 끌어들일 수 있는 것이 뭘까 곰곰이
생각해봤지요. 독자가 그 속으로 빠져 들어가는 이야기, 거기서
헤어나올 수 없는 이야기란 어떤 것일까 하고요. 그렇게 환상의
세계가 탄생했고, 점점 소멸되어가는 그곳에 만약 구하러 오는
이가 없다면…… 누군가가 와서 거기서……라는 식으로, 세세
한 부분들을 채워나갔어요.

거기서부터 궁금증이 쏟아지기 시작합니다. 동심을 지닌 그
아이는 어떻게 되었을까…… 음, 그 아이는 아프니까, 환상의 세

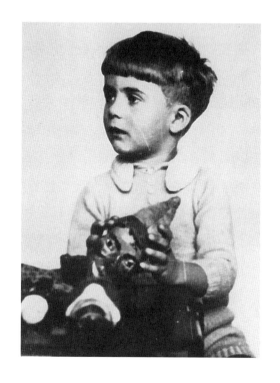

1933년 뮌헨에서. 마리오네트 인형을 손에 들고.

계도 앓고 있겠군. 그런데 그 아이는 왜 아픈 거지? 새로운 이름이 필요하겠네.

집필하는 중간에 문득 떠오른 개개의 아이디어가 너무 많아져서 이걸 다 어떻게 엮어넣을지 갈피를 잡을 수 없겠더라고요. 제멋대로 뻗어나가 있어서 정교한 모양새를 갖추기가 여간 어려운 게 아니었어요. 꽤나 많은 부분을 버려야 했고 여러 장을 덜어냈습니다. 안 되겠다 싶거나, 본래 주제에서 너무 벗어났다고 판단되었거든요.

그리고 집필하는 중에, 이를테면 몇 가지 소소한 '놀이'가 생겨났어요. 각 장은 알파벳으로 시작합니다. '늙은 황제들의 도시'를 쓸 때 떠오른 건데, 알파벳 26개를 책의 구성 요소로 삼아야겠다고 생각했지요. 그럭저럭 책을 써내려가다보니 1년이 지났고, 출판사 사장에게서 전화가 왔습니다. 원고를 언제 보낼 건지 묻더군요. 그래서 나는 "아직 못 보냅니다. 바스티안이 환상의 세계에서 돌아오고 싶지 않다는데, 나도 어찌할 재간이 없군요"라고 대답했죠. 왜 바스티안이 돌아와야만 하는지는 나도 알 수 없는 노릇이었으니까요.

바스티안이 처음에 환상의 세계에서 돌아오지 않으려 한 건 다른 자리에서도 말씀하셨지요. 제아무리 '작가'라고 해도 바스티안을 강제로 움직이게 할 수는 없나봐요. 작가도 이야기 속에 있는 '규칙'을 지키고 그 안에서 운신해야만 하는 거군요. 어찌 보면 '이야기'는 스스로 만들어지는 거네요. 작가님에게 이 점은 중요하겠지만 실제로 집필할 때는 답답하겠어요.

생각이 너무 많아 어떤 때는 괴로울 지경이었습니다. 나조차 환상의 세계의 출구를 도무지 찾을 수 없었거든요. 한 가지 확실한 건 환상의 세계는 바깥으로 뻗어갈수록 경계가 없어진다는 거예요. 그렇다면 환상의 세계의 국경은 어디일까요? 마지막 장을 쓸 때 비로소 알게 됐습니다. 환상세계의 국경은 내부에 있었다는 것을요. 환상의 세계에서 원하는 걸 모두 이루게 해주는 아우린이 바로 환상의 세계의 출구였어요. 동시에 아우린을 내놓아야만 나올 수 있는, 그곳이 경계입니다.

뭐, 그런 식으로 책을 마무리할 수 있었죠. 그리고 나서 부분적으로 손을 좀 보고 각 장의 시작을 바꾼 다음 바스티안의 이야기를 넣었습니다. 중간중간 다른 색으로 인쇄된 삽화를 끼워넣고 나니 무슨 모빌을 만드는 기분이었어요. 그러니까 철저히 장인의 일인 겁니다.

내 책은 상당수가 이렇게 만들어졌어요. 자주 하는 말이긴 한데, 그러다보니 나는 사실 작가보다는 오히려 화가의 방식으로 일을 하는 편입니다. 내가 아는 화가들은 거의 그림의 대략적인 콘셉트만 가지고 어딘가 한 대목부터 그려나가죠. 그러다보면 중간에 뭔가 떠오르는 게 있거든요. 때로는 그것이 처음에 그리려고 한 것보다 훨씬 더 중요해지기도 합니다. 실제로도 끊임없이 작가를 향해 나오는 것들이 있어요. 그러니 마땅히 거기에 귀를 기울여야만 하죠. 내 경우에는 적어도 집필 중에 생겨나는 것, 때로는 우연히 생겨난 것에서 힌트를 많이 얻어요.

그러니까, 예컨대 나는 토마스 만처럼은 일을 할 수가 없는 겁니다. 토마스 만은 미리 완벽하게 구상을 끝내죠. 페이지도요. 어떤 때는 어디에서 시작해서 어떤 인물이 등장하는지도 미리 정해둡니다. 토마스 만의 방식은 설계도를 확실히 만든 다음, 매일 한 층씩 쌓아올리는 건데, 나로서는 절대 불가능한 일이에요. 하라고 해도 못 합니다. 그런 식으로는 우연성을 통해 얻을 게 아무것도 없으니까요. 뭔가가 우연히 나에게 오는 것이 늘 굉장히 중요하거든요. 알지 못하는 대상, 즉 나 자신조차 잘 모르는 무언가가요. 왜냐하면 나는 오로지 내가 알지 못하는 것에서만 흥미를 느끼니까요.

그렇게 우연히 생겨나거나 나타나는 것은, 어디서부터 오는 걸까요? 이런 질문 자체가 성립되는 건지 잘 모르겠습니다만······.

그렇군요. 그런데 그것들은 외부에서 옵니다. 예를 들어 숲을 거닐다보면 기묘하게 생긴 나무뿌리가 눈에 들어올 때가 있어요. 어떤 모양인지 유심히 살펴볼 수 있겠죠. 뜻밖에 얼굴 모양일 수도 있고, 뻗어 나온 팔처럼 보일 수도 있고요. 아주 조금만 다듬고 손질하면 금세 완성된 모양새가 되는 경우가 자주 있습니다. 집필을 할 때도 마찬가지예요. 가끔은…… 사실 거의 손대지 않은 채로 두어도 썩 괜찮은 뭔가가 생겨나기도 합니다. 그러니까 저절로 그렇게 된 거죠. 언어로 하는 일은 실제 재료를 가지고 하는 일과는 좀 다른데, 이렇게 저렇게 언어를 가지고 놀다보면 뭔가 많이 생겨납니다.

　나에게 쓰는 행위는 스페인 사람인 메리노가 어느 인터뷰(「시인이 준 병에 들어 있는 편지」, 『엔데의 메모 상자』에 수록)에서 한 말처럼 언어로 하나의 현실을 만드는 것입니다. 그리고 이 언어들은 어떤 의미에서 자율성을 지니고 있어요. 언어란 (작가가) 직접 만들어낸 것이 아니라, 이미 거기에 존재하는 것이자 나타나는 것이기도 하니까요. 언어를 취하는 쪽이 거칠지 않을수록, 그러니까 부드럽게 매만질수록 많은 것이 드러나고, 언어가 저절로 제공하는 것 또한 많아져요. 그러다보니 나는 거기에 자주 기댑니다. 이 여정 속에서 나는 대강의 지도만 지닐 뿐 나머지는 그저 생겨나기도 하고, 어딘가에서 주어지기도 하면서 나에게 일어나는 일들입니다.

그럼, 작가님에게 책 쓰는 일이란 메모와 같은 해도海圖를 단서로 미지의 바다를 향해 배를 저어나가는 거로군요.

자주 언급했습니다만, 쓰는 행위는 마치 모험과 같아요. 나를 어디로 데려갈지, 어떻게 끝이 날지, 나조차 모르는 그런 모험 말입니다. 그래서 어떤 책을 쓰든지 집필 후에는 내가 다른 사람이 되어 있는 걸 발견하죠. 실제로 내 인생은 내가 쓴 책을 마디로 구분되기도 하니까요. 책을 쓰는 행위가 나를 바꾸거든요. 다시 말해 같은 걸 두 번 쓰는 일은 나에게 있을 수가 없어요. 그런데 작가들 중에는 일평생 결국은 동일한 하나의 책을 여러 버전으로 쓰는 사람이 적지 않습니다. 쓰고 보면 영락없이 똑같은 책인 거죠. 그런 일이 나에게는 일어나지 않아요. 어떤 책을 쓰더라도 그 후에는 매번 나 자신이 바뀌어 있기 때문에 내 책은 저마다 각기 완전히 다를 수밖에 없어요. 가령 『짐 크노프』의 속편은 쓸 수가 없는 겁니다. 나는 이미 변해 있고, 그런 변한 내가 같은 책을 한 번 더 쓰는 건 불가능하겠죠. 하려고 해도 할 수가 없는 겁니다. 『짐 크노프』 다음에 『모모』라면 가능하겠지요. 그리고 『모모』를 쓴 다음, 나는 또 변했으니 『끝없는 이야기』를 쓸 수 있는 거고요.

나는 좀더 확실한 주제를 다루려고 하죠. 그래서 『끝없는 이야기』는 꽤나 오랫동안 고민한 끝에 비로소 '이야기하는 것'이라는 주제로 선명하게 가져갔어요. 그러니까 이야기하는 것을 이야기했습니다. 그런데 좀 다른 형식이면 좋겠더라고요. 같은 형식의 글쓰기로는 더 이상 새로운 것이 나오지 않거든요. 단순히 같은 주제의 새로운 버전밖에 되지 않으니까요. 십중팔구 따분해져서, 더는 나에게 모험이랄 수 없어요. 나를 어디로 데려갈지 이미 안다는 건데, 나는 내가 어디로 이끌려갈 것인지 알고 싶지 않거든요. 나에게 아주 중요한 것은 스스로가 놀라는 겁니다. 사실 이거야말로 쓰고자 하는 동기이자 주된 자극이죠.

어떻게 될지 미리 알고 있는 걸 어떻게 진짜 모험이라고 하겠습니까. 그런 건 여행사가 내 놓은 모험 패키지 상품일 뿐인 거죠. 진정한 모험이란 내 속에 어떤 힘이 있는지, 미처 알지 못한 상태에서 그걸 쏟아부어야만 하는 상황으로 내몰고 가는 겁니다. 이로 인해 비로소 나 자신에게 눈뜨게 됩니다. 진짜 모험가라면 사실은 이런 걸 원한다고 봐요. 내 경우는 이른바 글쓰기를 통해서 그것을 경험하고요. 써내려가면서 나 자신에 대해 뭔가를 체험하는데, 이것들이 내 안에 있던 것인지, 만들어낸 것인지, 그때까지는 전혀 알 길이 없어요. 생각만으로는 모르는 것이니까요.

그러고 보니 작가님의 글은 상당수가 여행 이야기네요?

그렇습니다.『모모』를 제외하면요.『모모』는 여행 이야기가 아니고,『짐 크노프』는 대大여행기죠.

'탐험'이라고도 할 수 있을까요…….

맞아요. 탐험. 나는 아서왕 전설을 떠올릴 때면 여지없이 가슴이 두근거립니다. 거기에는 반복해서 등장하는 문구가 있죠. 기사가 숲에 들어섰을 때 거기엔 항상 '기사는 들어가지 말 것'이라고 쓰인 팻말이 있어요. 그 자리에서 기사도 항상 같은 말을 합니다. "되돌아가는 건 수치다. 이 모험이 신의 뜻이라면 나는 기꺼이 받들겠다." 그러고는 숲속으로 달음질하죠. 되돌아가는 건 수치다. 나는 이 모험을 받들겠다. 이 구절은 종이에 적어서 서재 책상 앞에 붙여두고 싶을 정도로 마음에 와 박혔습니다. (독일어로 말하며)모험을 받든다면 당연히 '악마의 부엌'에서처럼, 짐작할 수도 없는 갖가지 어려움이 도사리고 있겠죠. 괴롭고 힘에 부쳐 결국에는 "안 되겠어. 더는 어쩔 도리가 없어" 하고 포기하고 싶어질 때가 있습니다. 그럴 때마다 나 자신을 타이릅니다. '되돌아가는 건 수치다! 아니, 안 되고말고, 되돌아가서는 안 돼! 절대 그럴 수 없어!' 하고요. 더구나 속임수를 써서 어물쩍 넘어가는 건 더 용납할 수 없습니다. 그래서일까, 나는 어떤 책을 쓰더라도 시간이 아주 오래 걸려요. 이미 말한 것 같지만,

『모모』의 경우······.

　네, 생각납니다. 『모모』도 물러설 수 없는 숲속에 있었던 거로군요.

등장인물도 스토리도 모두 윤곽이 잡혔는데 글이 써지지 않았어요. 답 하나를 찾지 못하고 있었거든요. 누구에게서나 시간을 훔치는 도둑이 어째서 모모한테서는 시간을 훔칠 수 없었을까. 그때 참지 못하고 대충 넘어가려 했다면, 절대적인 능력이 있다는 식으로 적당히 얼버무렸겠죠. 모모에게는 잿빛 남자들이 손을 뻗을 수 없는 신성한 후광이 있다, 뭐 이런 식으로요. 하지만 나는 스스로를 설득했습니다. 아니, 아니, 그래서는 안 된다. 그런 이유로는 부족해. 믿을 수가 없다고, 라고요. 나부터 게임의 '규칙'을 깨버리는 격이니까요.

　그렇게 5년이 지나고 어느 날 아침, 밥을 먹다가 번뜩 떠올랐습니다. 단순한 것이었어요. 시간을 훔친다는 건 시간을 절약해서 모아둔 사람에게만 가능한 일일 텐데 모아둔 시간이 없는 소녀에게는 아예 훔칠 시간 자체가 없으니 당연히 훔칠 수가 없는 겁니다. 이렇게 시간저축은행의 아이디어가 떠올라서, 다시 이야기 전체를 끌고 갈 수 있었어요. 어찌 보면 길지 않은 시간일지 모르지만, 나한테 이 단순한 아이디어가 떠오르기까지는 6년이라는 시간이 걸렸습니다. 그러니 참을성 있게 기다려야지요.
그렇다고 항상 이런 깨달음이 찾아오는 건 아니에요. 그래도 깨
닫게 되기도 하니까 책을 쓸 수 있는 겁니다.

난파의 경험과 유머

이야기 속에 어떤 논리, 그러니까 '규칙'이 내재해 있을 거라는 확신은 어디에서 오는 건가요?

음, 이상하죠. 나도 잘 모르겠어요. 근본이 되는 아이디어가 그런 구조를 지닌 것일 수도 있고, 왠지 알 것 같은 느낌이 들기도 하고 그래요. 또한 장인의 경험이기도 한데, 플롯이 괜찮다, 글렀다 하는 식의 깨달음은 오랜 감각을 통해 생겨나요. 일을 하며 얻은 경험에서 생겨나기도 하고, 시간이 흐르면서 자연스럽게 생겨나기도 합니다. 마치 목공 장인이 나무의 어느 면을 쓸지 감각적으로 아는 것과 같은 이치예요. 장인은 깊이 생각할 것도 없이 나뭇결만 쓱 보고도 어느 쪽 면을 쓸지 정하잖아요. 경험에서 얻는 것이 차차 자질이 된 겁니다.

『엔데의 메모 상자』에서 작가란 난파한 배의 조난자라고 이야기한 적이 있는데요, 돌아보면 작가님도 난파한 적이 있으신가요?

그럼요. 몇 번이나 있는걸요. 내가 얘기하는 '난파'라는 의미는 단도직입적으로 말하자면 벌거벗은 채로 자갈밭에 엉덩방아를 찧어보지 않으면 안 되는(안 된다고 하는), 다시 말해, 정말로 어찌할 바를 모르는 상황에 실제로 처해봐야 한다는 거예요. 인생도 그렇죠. 아무리 봐도 이제 정말 끝이구나 할 때가 있습니다. 연애 문제일 수도 있고, 아니면 직업상 큰 난관에 부딪힐 수도 있어요. 어쩌면 건강 문제로 죽음과 대면하는 상황이 올 수도 있지요. 여태까지 손에 넣은 것, 중요하게 여겼던 것들이 돌연 무가치해지고 아무 쓸모도 없어져버리는 순간이 있어요.

이걸 두고 '난파'라고 말한 겁니다. 철저한 패배를 뜻하죠. 진정한 실패를 경험해봐야만 해요. 그렇지 않으면 글쓰기는 그저 휴일의 소일거리에 지나지 않아요. 시간을 때우는 심심풀이에 불과하지요. 하지만 직업으로 진지하게 임할 때는 달라요. 지금 예술 전반을 이야기하는 겁니다만, 문장을 쓰는 일도, 도자기를 만드는 일도, 다도茶道도 마찬가지겠지요. 생사를 건 싸움에서 패해야만 비로소 이쪽(예술) 길이 열립니다. 그것(패배)을 맛본 적이 없다면…… 그러니까 그 감각을 모른다면 헛일이에요. 이미 말했듯이 예술은 그저 아마추어 취미에 그치고 마는 겁니다.

　그렇게, 말하자면 실존적 체험이 없고, 절망의 암흑을 맛본 적이 없다면, 새롭게 만들어낼 수가 없는 거군요. 창조는커녕 결국 예술을 하는 것 자체가 불가능하겠네요.

본질적이라 여겨지는 만큼, 자신의 실존적 환원을 체험하게 되는 거죠. 반대의 예를 한번 들어볼게요.

　현대 독일 문학에서 못마땅한 게 있는데, 뭐랄까, 독일 문학은 문학자를 위한 문학 같아요. 그러니까 사치품으로서의 문학이자, 약간의 교양을 겸비한 독일 문학 전공자용으로, 평판이 좋거나, 진보적 혹은 근대적이라 여겨지는 유형으로 생산된 문학이 그렇습니다. 이런 부류는 난파한 순간, 그야말로 아무래도 상관없는 게 돼버려요. 전혀 도움이 되지 않으며 아주 동떨어진 얘기가 되죠. 정신적인 의미든, 물리적(신체적)인 의미든 정말로 죽느냐 사느냐 절체절명의 기로에서 기를 쓰고 발버둥치려 할 때는 근대적이냐 진보적이냐, 누가 수긍하느냐 따위는 전혀 중요하지 않거든요. 그 순간만이 선명한 진실이 되는 겁니다. 배경에 죽음이 존재하지 않는다면, 곧 아무것도 없다는 말이나 다름없습니다. 죽음을 배경으로 두었을 때 비로소 밝은 것과 가벼운 것들은 가치를 지니게 되니까요. 특별한 가치를요. 즉 죽음에 대해 알고 있다는 겁니다. 그렇다고 해서 이것은 말할 것도, 말해야 하는 것도 아니며 경험을 통해 저절로 생겨나는 겁니다. 나는 이를 난파라고 표현했습니다. 진지한 예술의 모든 전제 조건이라고 할 수 있죠. 친구들조차 이 말을 이해하지 못하는 이가 많은데, 그런 체험이 없거나 절망과 적나라함을 겪어보지 못한 사람들인 거죠.

……

이런 부류의 사람들이 쓴 글을 보면 뭔가 빠져 있어요. 도쿄에서 강연했을 때(「영원히 어리다는 것에 관하여」, 『엔데의 메모 상자』에 수록) 이 점을 시사하고 싶었습니다. 유머는 까불거나 장난치는 것, 혹은 일종의 쾌활함이 아니라 하나의 세계관이라는 걸 지적하려 했죠. 기실 이 세계관은 좌절을 피해갈 수 없다는 데서 나온 겁니다.

도쿄의 강연에서 했던 걸 간략히 말하자면…… 보통 이상주의자들은 인생의 평범한 사실을 보려 하지 않아요. 가령 평발이나 충치 구멍 같은 것이요. 한편 소위 현실주의자들은 위대한 이상이란 모두 환상일 뿐이라고 치부하고는 충치 구멍과 평발만 보려 하죠. 그런데 유머는 이 양쪽 모두를 받아들입니다. 때로는 몹시 아파 도저히 견딜 수 없는 형상으로, 절대자와 인간이라는 심히 의심스러운 둘의 존재를 이어줍니다. 이 긴장에서 유머가 생겨나요. 인간은 절대신의 옥좌 앞에 서 있다는 사실을 알면서도 치통으로 볼이 퉁퉁 부은 자신에게 이상 따위는 아무 짝에도 쓸모없다는 걸 깨닫죠. 역사상 가장 에로스적인 의식이라 하더라도 하필 그때 배에 가스가 차서 빵빵해져 있다면 말짱 헛일이 됩니다. 이게 끝은 아니기에 인간은 가여운 존재인 겁니다. 하지만 이 사실을 씁쓸한 기색 없이 받아들이는 것, 분노에 찬 얼굴이 아니라 밝고, 현명하게 인정하는 것, 이게 바로 유머예요. 유머는 그 자체가 이미 세계관에 의해서 형성된 태도이기 때문에 또 다른 세계관이 필요 없는 겁니다.

말씀을 들으니 이해가 가는군요. 그런데 개념을 파악하기는 어려울 것 같은데요.

유머가 무엇인지 분명하게 설명할 순 없지만, 오히려 그 편이 좋을 것 같군요. 확실하게 말로 다 할 수 있다면 이미 유머는 유머가 아닐 테니까요. 하지만 분명한 건 유머가 하나의 태도라는 거예요.

예를 들면 카바레트(만담 촌극)는 풍자의 성격도 지니고 있지만 다른 특성도 가지고 있죠. 그런데 유머는 아니에요. 자주 헷갈려 하는데, 풍자는 표적이 된 사람을 흠집 내려는 것입니다. 말하자

짐 크노프 독서회.

면 터무니없거나 우스꽝스러운 걸 가지고 흠집을 내든지 아니면 적어도 화를 돋우죠. 하지만 유머는 그렇지 않아요. 유머는 흠을 잡으려는 게 아닙니다. 그보다는 느긋하고 대범한 태도죠.

작가님이 쓴 작품 중에 가령 『짐 크노프』 같은 책을 읽다 보면 유쾌하고 재미있는 스토리가 많아서 무심결에 웃음이 나는데, 유머와는 다른 것이겠죠?

『짐 크노프』에서는 우습고 재미있는 이야기가 펼쳐지죠. 온갖 것에 농담을 섞어두었으니까요. 하지만 중요한 건 풍자식의 묘사가 아니라…… 음, 하긴, 풍자화諷刺畫도 여러 자세로 그릴 수는 있겠네요. 제 생각에는 여기서 우스운 것(코믹한 것)과 유머를 좀 구분해야 할 것 같습니다.

우습다는 감각은 어느 시대 어느 민족에게도 존재해왔어요. 이를테면 고대 그리스나 로마의 희극은 우스운 것으로 가득 차 있지요. 하지만 유머는 모르겠네요. 분명한 사실은 플라우투스〔고대 로마의 희극작가〕나 아리스토파네스〔고대 그리스 희극작가〕의 희극에 유머는 없지만, 우스운 것투성이라는 것이죠. 다시 말해 웃음은 넘치게 들어 있지만 선의의 넉넉함은 없습니다. 항상보면, 유머는 선의나 호의와 결부되어 있어요. 그런데 고대 그리스나 고대 로마 희극은 웃음의 정점에 늘 어떤 잘못을 저지른 노예가 호되게 벌을 받고 울부짖는 장면이 나옵니다. 그걸 보고 당시의 관중은 배를 움켜쥐고 박장대소했겠지요. 우리 (현대인의) 눈에는 그저 가여운 한 남자가 심하게 언어맞는 모습일 뿐인데 뭐가 우습나요. 그 시대에는 동정이 없었던 겁니다. 고전시대는 동정이 없는 세계이며 선의의 넉넉함도 찾아볼 수 없죠. 아름다움이 가득 차고 위대한 것으로 넘쳐났지만 선의의 넉넉함은 없는 세계였던 거예요.

   그럼 언제쯤부터 바뀌었을까요? 작가님이 말한 유머가 세계사에 등장한 시기 말입니다.

그것(선의의 넉넉함)이 등장한 것은, 내가 봤을 때 근세에 들어와서인 것 같아요. 근세에 접어들어서야 처음으로 인간의 나약함을 결점으로 보지 않게 되었으니까요. 사실 『돈키호테』는 우연찮게 탄생한 골계소설(유머)이에요. 세르반테스가 그럴 의도로 쓴 것 같지는 않은데, 왜 그런지 증명할 수도 있습니다. 우리에게 돈키호테는 온갖 어릿광대의 원형이에요. 그는 언제나 호기롭고 정의감에 불타지만 늘 실수투성이죠. 그리고 여지없이 호되게 실패합니다. 잡도리를 당할 때도 사람들은 돈키호테를 비웃거나 하지 않아요. 오히려 심하게 맞고 있는 그를 동정하죠. 돈키호테는 정의감에 불타올라 풍차의 날개로 덤벼들었으니까요. 바로 여기가, 세르반테스가 자신이 쓴 책을 모르고 있다는 걸 증명하는 유일한 부분이기도 한데요…… 그는 낡아빠진 기사의 로망을 풍자하려 했어요. 그 시대에 기사란 이미 한물간 존재였거든요. 당시 온갖 영웅 이야기가 있었는데요, 말하자면 세르반테스는 그 이야기들을 비웃으려 한 것이었어요. 그건 확실해요.

마지막 장에서 돈키호테는 죽음을 앞두고 불현듯 이런 말을 합니다. 나는 일평생 바보였다. 그걸 지금에서야 알았다. 돈키호테는 비로소 제정신이 돌아왔다. 이 대목에서 나는 책을 탁 덮고는 혼잣말로 중얼거렸어요. "영리한 체하는 족속들 같으니라고 이로써 결국 돈키호테를 굴복시켜버렸군" 하고요. 바로 여기가 세르반테스 자신이 얼마나 위대한 인물을 만들어냈는지 모르고 있다는 걸 극명하게 보여주죠. 자기가 쓴 걸 이해하고 있지 못하는 일은, 작가들에게 흔히 일어나니까요.

뭐랄까, 시인이나 작가는 쏟아지는 빛을 '이해'한다기보다, 재빨리 느껴서 안다는 기분이 들어요. 그러면 그 뒤로 유머의 역사는 어떻게 되었습니까?

이때부터 골계(유머)문학이라는 장르가 생겨났습니다. 가령 그리멜스하우젠의 『바보 이야기』 등등 시간이 흐를수록 더 늘어났죠. 참고로, 나는 몰리에르(의 작품)는 골계문학으로 보지 않아요. 몰리에르의 희극에는 유머가 없거든요. 그의 희극은 인간의 나약함에 대해 굉장히 심술궂게, 사실은 매우 쓰디쓴 비난을 퍼붓고 있어요. 우습게도 레싱(독일 태생의 평론가, 극작가)의 이론은 여기서 답습한 것입니다―우리의 사랑하는 레싱은 다른 면에서는 참 현명한데 말이에요……. 레싱은 무대에서 악덕을 벌주는 지점, 즉 '타인의 불행을 기뻐하는 것Schadenfreude'에서 골계의 효과가 드러난다고 했습니다. 타인이 불행에 빠진 게 재미있어서 웃음이 난다는 거죠. 그렇게 프랑스인이 발명하고 레싱이 계승하여 『함부르크 연극론』으로 독일에 넘어오게 됩니다.

하지만 내 생각은 달라요. '타인의 불행을 기뻐'하려면 먼저 고찰하고 한번 걸러져야 해요. 일단 머릿속을 거치지 않으면 안되는 거죠. 가령 피에로가 자기 발에 걸려 넘어지는 걸 보고 우리는 박장대소하는데, 이때 터져나오는 웃음은 '타인의 불행에 대해 기뻐하는 것'과는 전혀 다른 겁니다. 오로지 지각에만 의존해서 정신은 잠시 접어두었을 때 나오는 웃음이에요. 우스꽝스러운 것이나 자그마한 동물들이 이리저리 뒹굴고 노는 것만 봐도 자꾸 웃음이 나죠. 이건 타인의 불행이 재미있어서가 아니에요. 지각적으로 그 동물들과 감정을 공유하기 때문인 거죠. 이런 지각의 체험이 우리를 웃게 하는 겁니다. 더 순간적으로 일어나는 자발적인 것이라 할 수 있어요. 그러니까 무대 위에서 어떤 상황이 펼쳐졌을 때 관객석에서 아주 큰 웃음이 터지는 건 전혀 고찰을 통한 게 아닙니다. 순전히 무의식으로부터, 전적으로 배에서 나오는 웃음입니다. '타인의 불행을 기뻐하는 것'과는 하등의 관계가 없죠. 나는 언젠가 이런 말을 한 적이 있어요. '정신은 말하고, 마음은 울고, 지각은 웃는다.'

　　말하자면 정신, 혼, 지각이란 인간을 인간답게 해주는 것이로군요.

다른 말로 하자면, 인간은 이중적인 생물입니다. 정신적인 동시에 물리적인 생물인 거죠. 신체의 지각이 정신을 잠시 잠깐 멀리했을 때 우리는 웃습니다. 한편, 정신이 인간의 물리적 특질을 완전히 지배하고 있을 때는 비극이 등장하는데, 그렇다고 해서 아주 슬퍼할 일도, 안타까워할 일도 아니에요. 비극이란 인간이 지닌 지고한 정신적 존엄의 표상이니까요. 바야흐로 몸이 망가져 이승 사람의 형상이 파괴되어갈 때가 바로 비극의 때인 겁니다. 그 중간에 마음이 존재하며, 마음은 울고 있는 거지요.

　　여기서 잠깐 블랙유머가 떠오르는데요, 독일어로 '교수대유머'라는 말이 있습니다. 이야기가 옆길로 새는 걸까요?

1941년.

블랙유머는 또, 조금 더 씁쓸한 것이에요. 블랙유머는 정말로 참호 속에 있을 때나, 말 그대로 교수대 아래 있을 때 나오는 위트니까요. 거기까지 갈 마음은 없어요. 그건 또 다른 특수한 예라고 생각하지만, 진정으로 위대한 피에로는 궁극에 가서는 하나로 수렴돼요……. 유머는 인류 역사에서 비교적 새로운 발전이에요. 내가 봤을 때 진정한 골계소설의 효시는 『돈키호테』입니다. 다시 말해, 처음으로 유머가 등장한 건 르네상스 시대인 거지요. 플라우투스의 희극이나 아리스토파네스 등 고전 시대의 희극을 한번 보세요. 기괴하고 기묘한 면도 있지만, 유머는 빠져 있거든요…….

형식이 교겐狂言〔일본의 전통 희극〕과 아주 비슷해요. 하지만 교겐도 사실은 여기서 말하는 유머와는 다릅니다. 오히려 유럽의 한스 작스 극에 더 가깝지요.

교겐은 코메디아 델라르테〔16세기 이탈리아에서 시작되어 유럽 전역에서 사랑받았던 연극의 형태〕와 비교되곤 하는데요.

맞아요. 기본적으로 형식이 유사하다고 할 수 있죠. 하지만, 내가 말한 것(유머)은 사실 위대한 유머 작가들 사이에서 수 세기에 걸쳐 생겨났어요.

유머에 대한 지식과 그 안에 녹아 있는 자세는 인류에게 비교적 새로운 것입니다. 그리 오래된 것이 아니에요. 나는 유머를 중요하게 생각하는데요, 200~300년 사이에 일어난, 인류에게 있어 유일한 진보이지 않을까요.

그야말로 진정한 의식의 진보니까요. 그렇다고 유머가 광신적인 것은 아닙니다. 그보다는 항상 어떤 선의의 넉넉함과 결부되어 있어요. 유머는 절대로 인간이 완벽해야 한다고 여기지 않으니까요. 오히려 인간은 허물이 있기 때문에 사랑받아 마땅한 존재라고 봅니다. 실수에도 불구하고 말이에요.

놀이에 관하여

난파했을 때 사람은 여지없이 비참한 상태가 되고 마는데, 대체 힘은 어디서 나오는 걸까요?

바로 '놀이spiel'에서요. 저는 여태껏 저한테 '유희'가 얼마나 중요한지 강조해왔는데요, 앞으로도 그 생각에는 전혀 변함이 없을 겁니다. 왜냐하면 그 이유는 유희만이 꺾이지 않고 확고하기 때문이죠.

심지어 (나치) 강제수용소에서도 유희는 견고했습니다. 강제수용소에 수용된 적이 있는 러시아 인형사를 만난 적이 있는데, 그 사람은 거기서 빵(이나 감자)을 남겨서 자그마한 손가락 인형을 만들어 아이들과 놀았다고 해요. 우리 앞에서 그 인형극을 해 보이더군요. 예전에 강제수용소에서 아이들과 함께 놀았던 것을 전부 보여주었습니다.

거의 아무런 도구 없이도 위대한 시적 이야기가 되더군요. 정말로 위대한 포에지였습니다. 그리고 아이들, 아니 심지어 어른들에게도 구원이 되는 뭔가가 있었습니다. 그것은 일종의 놀이예요. 그러니까, 메르헨〔공상적이고 신비로운 옛날이야기나 동화〕놀이라고 할까요. 하지만 인형사 자신도 '유희'를 통해 구원을 받았고 또 모두가 어떤 형태로든 자기의 존엄을 다시 한번 찾을 수 있었던 겁니다.

그래서 나는 일에 대한 접근을 '놀이'로 봅니다. 아이들 놀이에 가까이 다가가보는 것도 그런 이유에서였고요. 하지만 거기서부터 시작하지는 않았어요. 그건 가장 나중의 일이기도 했습니다. 우선은 기나긴 터널을 파야만 했고 가까스로 터널을 지나 건너편으로 나왔을 때야 비로소 지금 말한 유희의 본래적인 의미를 이해할 수 있었으니까요. 놀이 형태일 때만 생산적일 수 있다고 생각해요.

인생의 고지식함을 자기 일에 포함시켜야 한다고 여기는 순간, 눈앞은 캄캄해지고 맙니다. 더는 앞으로 나아갈 의욕이 싹 사라지죠.

반복되는 이야기일지 모르겠는데요, 만약에 사랑하는 사람을 잃은 젊은이가 있다면 그 사람은 어디서 놀이를 찾을 수 있나요? 어떻게 찾을 수 있는 거지요?

물론 처음에는 찾을 수 없겠죠. 그때는 선택할 수 있는 게 두 가지뿐입니다. 계속 살아갈 것인지, 죽을 것인지 양자택일이에요. 죽는다면 그걸로 끝이겠지만 만약 계속 살아가기로 했다면 반년, 혹은 1년 뒤 스스로에게 묻겠죠. 이제 어떻게 살아가야 할 것인가. 결국 그 사람은 살아갈 방도를 생각해야만 해요. 아주 당연한 얘기지만요.

아마 이런 질문과 마주하게 될 겁니다. 대체 무엇이 아직 나에게 중요하단 말인가? 나에게 의미가 있는 건 뭘까? 뭐가 소중할까? 하고요.

놀이와 유머는 자신에게 벌어진 일을 그리 크게 받아들이지 않아도 되게끔, 즉 난파한 후, 그렇게 깊게 파고들지 않아도 괜찮게끔 만들어준다고 생각해요. 사실 이미 일어나버린 인간의 운명인 것이지요. 따라서 그토록 지독하게 한탄할 게 아닙니다.

인간이라는 존재가, 원래 어딘가에 사랑할 수밖에 없는 골계미가 있기 때문일까요? 좀 철학적인 이야기가 되었네요.

철학에도 좌절의 철학이 있으니까요.

야스퍼스(독일의 철학자로 하이데거와 함께 현대 실존 철학의 쌍벽을 이룸)의 철학이 그렇지요. 야스퍼스는 평생 좌절에 대해서 사유했지만, 정작 자신은 한 번도 인생에서 좌절을 경험하지 않았습니다. 그래서일까요, 약간은 이상한 여운이 남더군요. 그래도 야스퍼스의 글은 훌륭했습니다. 그의 책을 두세 권 읽었는데 꽤나 감명받았어요. 가령 『비극론』에서는 비극적인 일의 본질을 다루었는데, 아직까지 이만한 걸 보지 못했거든요.

좌절에 대해서, 그리고 좌절을 받아들이는 것에 대해서……

작가에게는 가장 중요한 것이죠. 나는 그렇게 생각해요. 그것도 마지못해 씁쓸한 표정이 아니라, 밝은 얼굴로 좌절을 받아들이는 것, 이것이 바로 예술가에게 가장 중요한 덕목입니다. 예술이란 거의 좌절로만 완성되니까요.

미켈란젤로의 후기 소네트를 볼까요. "왜 나는 평생 이런 것에 매달렸던가, 아 어리석도다" 하는 대목을 한번 보세요. 예술을 원망하는 마음만 남았지요. 셰익스피어는 죽기 전에 20년 동안 작품이라고는 단 한 줄도 쓰지 않았고 금융업에만 종사했을 정도였죠.

표면적인 의미로 보자면, 셰익스피어는 명백한 좌절을 경험하지 않았고, 미켈란젤로도 좌절한 적은 없습니다. 표면적으로는요. 하지만 둘 다 인생의 어느 지점에서 그동안 노력해온 것, 숨이 끊어질 듯 분투해왔던 것이 헛수고에 불과함을 깨달은 겁니다. 아니, 더 적나라하게 말하자면 무상無償일 뿐임을 알게 된 거지요. 이 말이 지닌 두 가지 의미, 즉 무료이고 헛수고라는 말입니다.

하지만 이 나이가 되고 보니 인생에서 중요한 것은 모두 무상이라는 확신이 듭니다. 그것만이 본질적인 것이더군요. 다른 것들은 비즈니스에 불과해요. 천국에 가고 싶어 행한 선행도 어찌 보면 신을 상대로 한 비즈니스 아닌가요. 행실이 발라야지 천국에 갈 수 있다고 여기는 것이니까요. 허나 그게 아니죠. 선행은 순수하게 행해질 때만 선한 것입니다.

놀이도 마찬가지입니다. 놀이도 무상입니다. 무료이고 헛수고입니다. 바꿔 말하면 어떤 구실도, 어떤 작용도 하지 않아요. 어쩌면 본질적으로…… 이것도, 사고 과정에서 생겨나는 일종의 모순이지만, 어쩌면 애초에 본질적인 것으로서 무언가 작용하는 것은 아무것도 작용하지 않는 것, 다시 말해 무상밖에 없지 않을까요.

간단히 설명하자면 나의 예술관, 즉 '놀이'를 좋아하는 이유는 무엇보다…… 예를 들어 세계사를 보면 충분히 알 수 있죠. 2000년의 유럽 역사를 보면 권력을 차지하고자 서로 죽고 죽입니다. 좋아요. 그렇게 해서 권력을 손에 쥐게 되지요. 하지만 뭘 얻었나요. 2000년이 지난 지금, 다 죽고 없습니다. 제아무리 막강한 권력도 사라지고 마는 겁니다.

인간의 삶에는 시간을 초월하는 '실체' 같은 것은 없는 것
이군요…….

결국 모든 것은 무심코 일어난 놀이라는 생각이 들어요. 이 놀
이는 끊임없이 인간을 끌어들입니다. 다만 예상치 못한 놀이라
서 사람들은 마지못해 하게 되는데, 만약 자유의지로 논다면 경
쾌함이 더해지겠죠.
　말하고 보니, 또 도덕 교과서 같은 이야기로 들릴지도 모르겠
는데 그런 건 아닙니다.

　　범위를 조금 더 넓혀보면, 인간의 삶도 하나의 놀이가 아
　　닐까요? 그렇게 말해도 될까요?

네, 그런 셈이죠. 놀이를 뭔가 불성실한 것으로 취급하지 않는다
면, 인간의 삶도 놀이라고 할 수 있겠지요.
　하지만 여기서 늘 염두에 둘 것은 (독일어에만 해당되겠지만)
'놀이'는 '진지하다'의 반의어라는 것입니다. 그래서 독일어로
뭔가를 '놀이'라고 칭하면 그것은 '진지하지 않은 것'을 말하는
게 돼요. 마치 주식거래소에서 수억이나 되는 돈을 마음대로 주
무르는 주식 브로커들이 진지하지 않게 행한 행동으로 다른 사
람들이 심각한 해를 입을 수도 있는 것처럼 말이에요.

엄밀히 말해 이것은 놀이입니다. 오늘날(현대의) 화폐 시스템은 '놀이'이고, 정치 시스템도 거대한 놀이입니다. 잘 들여다보면, 어떤 형태의 기업도 그 원리는 '놀이'라는 걸 알 수 있죠. 그래서 먼저 그 규칙을 배우지 않으면 안 되는 겁니다.

조금 전에 언급했듯이, 그렇다고 해서 놀이를 진지하게 할 수 없는 건 결코 아니에요. 오히려 성스러운 '놀이'도 있다고 생각하니까요.

성스러운 '놀이'라면, 그러니까 신의 '놀이'를 의미하는 건가요?

네, 신기하죠.

타로 카드는 모두 스물두 장이에요. 참고로, 이것도 신기한 점인데요. 스물두 장의 그림카드는 헤브라이어의 스물두 글자와 대응하죠. 첫 번째 카드는 가장 강력해요. 무엇보다 중요한 카드가 바로 파가드(『거울 속의 거울』에 등장하는 마술사의 이름)인데, 그러니까 으뜸가는 카드라는 거죠. 사실 이 카드는 신을 의미한다고 볼 수도 있어요. 헤브라이어로 '전부'를 뜻하는 문자와 맞아떨어집니다. 그것은 또 요술쟁이, 마술사이기도 하고요. 기묘하지요!

카드에는 게임용 테이블 앞에 앉은 남자 그림이 있습니다. 테이블 위에는 칼이 한 자루, 술잔이 하나, 지팡이가 하나 놓여 있어요. 마치 진짜 마술사처럼 여러 도구가 앞에 진열되어 있습니다. 분명히 놀이를 하고 있는 것 같이 보이죠.

이렇게 말하면 신성모독으로 들릴지 모르겠지만, 어쩌면 신도 놀이를 하는 것일 수도 있어요. 인류의 역사란 일종의 거대한 '놀이'이고, 우리는 부지불식간에 놀이의 대상이 되어버린 걸지도요. 미처 깨닫지 못한 것일 뿐. 뭐 그냥 내 생각에는 그렇다는 겁니다.

재미있는 책 한 권 소개하지요. 2~3년 전에 본 것인데, 미국 사람이 쓴 책으로 제목은 『끝이 있는 놀이와 끝이 없는 놀이 Finite and Infinite Games』(제임스 P. 카스, 1986)예요. 기회가 된다면 읽어보세요. 아주 좋은 책입니다. 적어도 내가 이해한 바로는, 놀이에 대해 내가 말하고자 하는 내용이 이 책에 담겨 있거든요. 인생을 하나의 놀이로 봐요. '죽음'조차 이 거대한 '놀이'의 일부이고요.

*

『엔데의 메모 상자』에서 앙드레 브르통의 방법론을 '말하는 기계'라고 언급한 적이 있어요. 앙드레 브르통은 프랑스 초현실주의 작가 중 한 명이죠.

자동기술이라는 방법을 고안해낸 인물이고, 어떤 때는 약에 취해서 이 방법으로 기술했던 것도 같은데, 정확하지는 않습니다. 어쨌든 자동기술이란 그냥 그 자리에 앉은 채로 아무 생각도 하지 않고 써내려가는 거예요. 일체의 비판적인 반성 없이, 어디까지나 그냥 떠오르는 말을 쓸 뿐이죠.

나도 한번 시도해봤어요. 그때 이 말('말하는 기계')을 생각해낸 겁니다. 나오는 말만을 적는 것이지만 그 속에는 꽤나 흥미로운 은유도 생겨나요. '네게서 내 쪽으로 줄을 치는 거미도 없다' 따위는 아주 좋은 은유라고 생각해요. 하지만 전체를 보면 거기에 나오는 문장은 '지껄임'일 뿐이죠.

그에 비해 「스탄의 밤의 노래」(『엔데의 메모 상자』)는 원래 어떤 친구 앞으로 쓴 편지입니다…….

「니젤 프림과 나젤 게우스」(『엔데의 메모 상자』)는 어떤가요. 이것도 재미있고 불가사의한 이야기 같은데요.

벌써 오래전부터, 순수한 난센스 책을 쓰고 싶었어요. 그런 온갖 체험을 쓰려고요…….『운진지발 나라로 떠난 여행』이라는 제목도 생각해두었답니다.

대륙 혹은 섬일지도 모르는 운진지발 나라는 찾아갈 수가 없는 곳이에요. 어떻게 해도, 무슨 수를 써도 어떤 의미sinn가 있기 때문에 아무리 해도 완전한 무의미unsinn(난센스)는 생각할 수 없거든요. 분명히 난센스 같은데도 여지없이 어떤 의미가 있습니다. 그래서 완전한 무의미를 찾으러 떠난 탐험여행에서 끝끝내 운진지발 나라를 찾지 못하죠. 애초부터 불가능한 것이었어요.

*

아이들을 보면 어떠한 게임 규칙도 다 받아들여요. 물론 이 규칙에는 일관성이 전제되어야 하죠.

예를 들면, 아이들이 편지로 자주 묻는 것 중 하나가 투르 투르라는 '사막의 거인'(『짐 크노프』)은 실제로 어떻게 되냐는 질문이에요. '사막의 거인'은 길을 떠나면 점점 커져서 거대해 보이는 반면, 짐은 점점 작아져서 작게 보이게 됩니다. 그러면 여기서 '사막의 거인'과 짐이 손을 잡고 둘이서 길을 떠나면 어떻게 될까요? 팔이 점점 길어질까요, 어떨까요? 네, 팔이 점점 길어집니다.

또, 많은 아이가 정말 궁금해하는 질문은 '몰리의 아버지는 대체 누구인가?' 하는 거예요. 게다가 성인 독자들 중에는 "기관차(엠마)는 역시나 용과 어떤 관계가 있는 거죠?" 하고 물어오는 사람도 몇몇 있긴 합니다만, 나는 아니라고, 기관차는 선인장처럼 어린 가지를 내서 증식한다고 답장에 썼어요.

『짐 크노프』의 전체 콘셉트를 잡을 때 스스로 이렇게 다짐했습니다. 그러니까 모두 아이가 자기 방에서 직접 놀 수 있는, 놀이의 장면이어야 한다고. 기관차 엠마로 바다를 건넌다고 치면, 마분지 상자든 어디든 자리를 잡고 앉아 융단 위를 미끄러져보는 거죠. 이 책이 아이들에게 사랑을 받는 진짜 이유는 바로 이런 부분 때문이라고 생각해요. 모두 놀이 장면이니까 다들 따라서 놀 수 있는 거죠. 그리고 실제로도 그걸 보고 놀기도 합니다.

놀이, 문학, 나치와 신화

사막의 거인 투르 투르도, 「보로메오 콜미의 통로」(『자유
의 감옥』)에서 보면 원근법이 깔려 있더군요. 또 작가님이
자주 그렸던 펜화에서도 원근법이 강조된 듯한데, 이런
관심은 어떤 것인가요?

거참 흥미롭네요……. 유럽에서는 르네상스와 바로크 시대 사
이에 매너리즘이라고 하는 문화 신기원이 있었죠. 그때로 말하
자면, 모든 것을 만끽하는 시기였어요……. 그보다 조금 앞서 원
근법이 발명되었는데, 다들 원근법을 누렸죠. 로마의 어떤 교회
에서는 평평한 천장에 돔을 그려넣어 그 아래 어느 지점에서 보
면 마치 거대한 둥근 천장 아래 있는 듯한 느낌을 받습니다.

확실히 후기 르네상스에는 몇 가지 예가 더 있지요. 팔라디오의 올림피아 극장(비첸차)이라든지…….

로마의 스파다 궁전에는 원근법을 적용해서 만든 복도가 있어요. 길이가 15미터쯤 될까요. 그런데 복도 끝에 서서 입체적으로 보이지 않도록 일부러 한쪽 눈을 감았는데도 족히 50미터는 돼 보였어요. 원근법 때문인 거죠. 복도 한쪽 끝에는 대좌 위에 작은 조상이 놓여 있었는데, 언뜻 보기에는 사람 키만 하더군요. 그런데 앞에 가서 보니 그 정도로 크지는 않았어요. (손으로 높이를 가리키며)

나는 여기서 좀더 밀고 나가봤습니다. 원근법을 거꾸로 한다면? 하고요. 이번에는 보는 사람도 점점 작아진다고 상상해봤어요. 그랬더니 수학적으로 문제가 생기더군요. 그 유명한 아킬레스와 거북의 이야기와 매우 비슷하지만 완전히 똑같지는 않습니다. 내 이야기(「보로메오 콜미의 통로」)에서는 관찰자 자신도 작아지니까요.

고대 그리스인 제논은 이렇게 증명합니다. 걸음이 빠른 아킬레스와 발이 느린 거북이 경주를 하는데, 아킬레스는 거북보다도 열 배나 걸음이 빨라서 거북은 10미터 앞에서 출발하기로 했어요. 우선 아킬레스가 10미터를 따라잡는 동안(제아무리 걸음이 빨라도 시간이 걸리므로), 거북은 1미터 앞으로 전진합니다. 아킬레스가 다시 1미터를 달리면 거북은 또 10센티미터 앞으로 나가요. 아킬레스가 다시 10센티미터를 달리면, 그동안 거북은 또 1센티미터 앞으로 나갑니다……. 그러니까 아킬레스는 끝끝내 거북을 추월할 수 없는 것이지요.

그런데 여기서 통로를 걷는 사람이 점점 작아진다면 어떻게 될까요? 우선 뒤돌아볼 때까지는 사태 파악이 안 될 겁니다. 복도와 상대적인 비율은 항상 같을 테니까요. 하지만 그 사람이 걷는 거리는 점점 짧아져요. 걸어가는 절대 거리 말이에요. 그렇게 어떤 무한소의 한 점을 향해 가게 됩니다. 결국 곰곰이 따져가다보면 수학적인 역설에 맞닥뜨리게 되는데, 바로 여기가 이 이야기의 재미죠.

굉장히 흥미롭네요…….

이게 바로 생각 놀이인데요, 저는 이런 걸 즐깁니다. 가령 지금 이렇게 대화를 나누는 중에 지구가 절반으로 줄어든다고 해봅시다. 우리는 아무것도 눈치 채지 못할 겁니다. 작은 점의 크기까지 줄어들어도 우리는 분명히 아무것도 모를 거예요.

상대적인 것이니까요.

어디까지나 상대적으로 봐서 아는 것이지 크기만 가지고는 모르는 거죠. 여기서 하고 싶은 말은, 객관적인 크기란 없다는 거예요. 그건 환상에 지나지 않아요.

*

제가 볼 때 언어란 근본적으로 공동체적인 것을 지향하는 것 같은데요?

누구 혼자만을 위한 언어는 언어가 아니에요. 그런 의미에서 언어는 사회적인 요소라고 해도 무방할 겁니다. 언어란 이미 어떤 양식이자, 인간을 상호 간에 연결하는 구실을 하니까요. 다시 말해 실제로 언어는 인간을 이어주는 요소 그 자체인 셈이죠.

그렇다면 예술적 언어를 수단으로 삼는 시인이나 작가는 어떤가요?

어려운 질문이네요. 어쨌든 시인이나 작가는 거짓말을 할 수밖에 없으니까요. (웃음)

어제 한 '판타지' 작가의 글을 읽었는데, 문장이 굉장히 멋지더군요. 그녀는 소설의 머리말에 이렇게 썼어요.

"예술은 말로 하지 못하는 것을 표현한다."

시인이나 작가는 이걸 언어로 행합니다. 그러니까 언어로 말할 수 없는 것을 언어로 표현해야만 하는 사람들인 거죠. 그게 맞기도 하고요.

다만 현대에는 무턱대고 아무 기준이나 찾으려 들죠. 다시 말해 시인이나 작가에게서 기준을 짜내야만 한다고 생각하는 것 같은데, 아주 잘못된 겁니다.

예술에서는 기준을 만들어낼 수가 없어요. 그건 위대한 시나 문학에서도 마찬가지예요. 내용이 사실이 아닌데 어떻게 기준을 만들 수 있겠어요. 말 그대로 허구(픽션)인걸요. 시와 거짓의 차이는 간단해요. 시는 처음부터 허구임을 표명하고 들어갑니다. 따지고 보면 거짓도 허구인데, 이쪽은 오히려 현실이라고, 현실을 구성하고 있다고 주장하죠. 바로 이 차이입니다.

동종요법(인체에 질병 증상과 비슷한 증상을 유발시켜 치료하는 방법)과 좀 비슷하지요. 거짓이라는 맹독을 희석시켜서 사용하는 과정에서 본래의 독성분은 제거되고 효능만이 남으니까요…….

시에서도 유사한 일이 벌어집니다. 상상 속에서 일어나는 일, 즉 허구를 재료로 삼음으로써 치유의 효능이 생겨나요. 두말할 것도 없이 시에는 치유의 효과가 이미 존재하기에 가능한 것이죠. 아리스토텔레스가 앞서 한 말입니다만, 이 점은 중요합니다.

다만 이것도 오늘날에는 잊히고, 현실을 곧이곧대로 묘사한 그림이 요구되지요. 하지만 그런 건 시나 산문이 갈 길이 아닙니다. 그보다는 오히려 시인이나 작가가 갖가지 다양한 세계를 만들어내면, 사람들이 이를 연극이나 책으로 접하는 내내 거기에 자신을 내맡기고 작가를 믿는 겁니다. 하지만 그 책을 읽는 동안뿐인 거죠. 책을 덮으면, 다시 '제정신으로' 돌아와 모두 만들어낸 이야기라는 걸 인식하게 됩니다.

하지만 그 작품과 조우할 때 (본질적으로는 허위이고 거짓이라는 걸 알면서도) 뭔가를 깨닫고 나 자신이 풍요로워지는 체험을 합니다. 또한 다른 것으로는 얻을 수 없는 경험을 하기도 해요. 그렇기 때문에 시나 산문은 복잡하고도 어려운 주제인 겁니다. 왜냐하면 모든 예술이 그렇듯 납득할 수 있는 공통분모를 찾는 게 굉장히 어렵거든요. 정말로 어려운 일이니까요.

　　과연 그렇군요. 조금 전 현실과 허위라는 단어를 쓰셨는데, 문학은 허구이고, 따라서 당연히 거짓이겠지만, 문학 작품에는 그 작품이 지닌 현실이라는 게 있잖아요?

네, 문학에는 현실이 있습니다. 피카소도 이야기한 적이 있어요. 그가 예술에 관해 언급한 내용은 '메모 상자'(『엔데의 메모 상자』)에도 들어가 있습니다만―예술은 결단코 진짜가 아니라는 걸 다들 알고 있어요. 그래요. 예술은 거짓입니다. 하지만 이 거짓은 우리로 하여금 진실을 보게 하는 거짓인 거죠.

예술이 거짓이기 때문에, 우리는 그것을 통해서 진실을 볼 수 있는 겁니다. 허구라는 걸 이미 알고 있으니까요. 하지만 이 사실을 망각하면, 예술은 맹독이 되고 맙니다. 선악도 그렇죠. 그 밖에 이런 식으로 분류되는 개념들에서도 마찬가지예요.

하기는 악이 무엇인지 겪어봐야지만 비로소 선을 경험할 수 있을 테니까요. 매여봄으로써 진정한 자유를 느낄 수 있는 것과 같은 이치죠. 다시 말해 사람들은 언제나 반대의 모체matrix가 필요하며, 모체에 반발함으로써 그 반대의 것을 체험합니다. 이때 모체가 반대의 관계에 있음이 전제되어야 하고요.

그렇군요. 다시 현실과 허위의 이야기로 돌아가서, 때로는 예술이 현실이 되고 외부 현실이 허위가 되는 경우도 있죠?

물론입니다. 그래서 인생이 어려운 거죠. (웃음) (더욱이) 현실이란 뭐고, 예술이란 또 뭔가 하는 물음에도, 최종적인 대답을 얻을 수 없습니다. 언제나 새로운 발견의 연속이며, 끝이 없는 과정이니까요. 그래서 예술이란 무엇인가를 논하는 것은 결국 불가능하지요. 감사하게도 말이에요!

항상 새롭게 찾아내야 하는 겁니다. 그랬을 때, 비로소 체험이 생겨요. 체험이라는 게 인식과는 다르고 늘 다의적이거든요. 말하자면, 최고의 행복감은 동시에 슬픔과 결합되어 있음을 체험으로 깨닫게 되는 거죠. 논리적으로는 설명이 안 돼요. 하지만 실제로 그렇습니다.

정말 그렇군요.

다른 이야기입니다만, 작가님은 아버지인 에드가 엔데의 작품을 어떻게 보나요? 아버지는 화가로서 직업금지령을 받은 적이 있는데, 그 일이 어린 시절 작가님에게 '부담'이 되지는 않았나요?

외적으로야 물론 그렇게 말할 수 있겠죠. 하지만 오늘날에는 국가사회주의(나치즘)의 복잡한 부분이 제대로 해석되지 않는 것 같은데요(유독 '오늘날의' 젊은이들이 잘 모르는 것 같습니다), 국가사회주의는 사람을 빨아들이는 특유의 뭔가가 있습니다.

거기에는 특히 열네 살짜리 소년들(엔데는 나치 시대인 1943년에 열네 살이었다)에게 아주 지대하게 영향을 끼치는 어떤 특정한 파토스(감정적, 열정적 정신)가 있어요. 그 무렵 국가정치교육시설이라 불리던 곳에서는 죽이는 법과 죽는 법을 가르치는 것

1947년.

을 교육 목표라고 확실히 못 박고 있었는데, 말하자면 기사의 파토스인 거죠. 거기에는 아직 성장하고 있는 소년들을 끌어당기는 엄청난 힘이 있었습니다.

그럴 수도 있겠네요…….

아직도 기억이 나요. 핌프(나치 소년단)로서, 뮌헨의 왕의 광장에서 열린 행사에 참석했을 때의 일인데요, 아직 왕의 광장에 영령기념비가 있을 때였죠. 행사는 야간에 거행됐습니다. 드넓은 광장에서는…… 검은 제복 차림의 나치 돌격대와 나치 친위대가 행진했고, 수천 명이 넘는 사람의 손에는 횃불과 북이 들려 있었어요. 묵직하게 북소리가 울려 퍼지자, 한참 동안 정적이 흘렀고 이윽고 사망자의 이름이 차례로 불리기 시작했습니다. 그러자 대열 어딘가에서 목소리가 들려왔습니다.

"여기요!"

하고 대답했고, 또 다음 이름이 불리면

"여기요!"

이런 식으로 이어졌어요.

물론 연출도 웅장했지만, 소년이었던 나는 온몸에 전율을 느꼈습니다.

지금은 거의 잊혔죠. 오늘날에는 나치가 폭력배나 폭도일 뿐

(그리고 이런 말을 듣는 것도 예삿일이 되었지만), 유리창이나 깨부수고 다니는 그런 무리로 치부됩니다. 하지만 나치는 신화적인 단체에 대한 모종의 수요와 딱 들어맞는 존재였습니다.

물론 명백하진 않았습니다만, 이런 분명하지 않은 상태는 나치에게 오히려 유리하게 작용했어요. 늘 그렇듯 세계관이 분명하지 않을수록 신도가 많은 법이니까요. 더욱이 이들 앞에는 지난 세기까지 거슬러 올라가는 긴 역사가 있었습니다.

시민 계급은 웅대함과 파토스에 대한 모종의 동경을 품고 있었고, 이는 나치의 전조라 여겨지는 여러 움직임과도 이미 결부되어 있었죠.

예를 들면…… 바그너를 나치의 선구자라 일컬을 생각은 없지만, 그래도 그가 신화적 세계의 어느 특정한 시민적인 관념을 구현했던 인물이니 이 정도는 말해도 되겠죠. 또, 그렇다고 바그너가 음악에서 이룩한, 누구도 부인할 수 없는 위대한 업적에 흠집을 낼 생각은 없습니다. 하지만 바그너 작품의 전체 분위기는 시민적인 것으로 옮겨간 하나의 신화적 세계인 것만은 확실합니다.

그 외에도 뮌헨의 툴레회, 니체와 '초인'의 관념이 있습니다. 거기에 또 파토스가 더해지고요. 『차라투스트라는 이렇게 말했다』를 읽어보면, 거기에는 이미 파토스가 존재합니다. 그렇다 해도 나는 니체를…… 선구자라 할 생각은 없습니다만…… 이

러면 지나치게 단순해져버리는데, 어쨌든 내가 말하고자 하는
바는, 그것들이 훗날 나치가 별안간 생겨나는 온상이 되었다는
겁니다.

게다가 그것들은 사회적으로 극히 절망적인 상황과 함께 찾
아왔어요. 예부터 있어왔던 위계 구조hierarchy는 완전히 붕괴되
었을 뿐만 아니라 신과 같은 영웅에 대한 수요도 깡그리 사라졌
습니다. 그 전에는 귀족이나 황제 혹은 왕의 몫이었죠.

그러다가 잠시 영화 스타가 그 자리를 대신했습니다. 유럽의
독재자 시대는 동시에 영화 스타의 시대이기도 했으니까요. 가
령 그레타 가르보 같은 대스타들에게 바치는 숭배는 그들을 신
의 반열에까지 올려놓았죠.

당시 영화 스타들은 마치 신이라도 된 것처럼 영웅 대접을 받
았어요. 오늘날에는 그렇지 않죠. 그때와 같은 스타들은 두번 다
시 등장하지 않습니다. 그만큼 훌륭한 배우가 나오지 않는다는
말이 아니에요. 사실 그레타 가르보는 결코 뛰어난 배우가 아니
었거든요. 지금 그레타 가르보의 영화를 보면 배우로서는 그저
그렇다는 걸 알 수 있습니다. 하지만 그녀는 사람들이 숭배하려
는 무언가, 사람들에게 필요한 무언가를 구현했던 겁니다.

신화라는 것

······당시 대중매체는 그런 식으로 신상神像을 공급할 정도로 발달해 있었어요. 총통 히틀러도 무솔리니도, 스탈린도, 프랑코 장군도 이를 통해 가능했고요.

하지만 요즘처럼, 이른바 '침실을 엿보는' 데까지는 가지 않았어요. 그랬다가는 이내 신성함이 사라질 테니까요.

예술가들을 남다른 재능을 부여받은 특별한 인간으로 만들기도 하고 저주받은 존재로 예술가를 예찬하기도 했습니다. 이것역시 붕괴된 하나의 위계 구조에서 다시금 이상향을 세워보려는 욕구나 마찬가지인 셈이죠. 하지만 이제는 모두 지난 일입니다. 지금은 통하지 않아요. 그러니까, 외적으로는, 두번 다시 볼수 없게 되었습니다. 하지만 다른 한편 사람은 신화 없이는 살아갈 수가 없는 존재예요. 나는 그렇게 확신해요. 신화 없이는 이 땅에서 그 어떤 질서도 찾을 수 없으니까요.

그러나 현재 우리가 가령, 경제생활의 질서와 같이 철저하게 실용적인 질서를 갖게 된다고 해도 이는 순전히 기능적인 질서일 뿐 신화가 될 수 없어요. 정작 인간에게는 신화가 필요한데 말이에요. 왜냐하면 신화는 삶의 모순을 하나의 이야기나 그림으로 갈무리해주니까요. 우리는 그걸 이정표로 삼을 수 있는 거예요.

하지만 이제 어렵게 됐군요.

아마 앞으로는 더 어려워질 겁니다. 특히 오늘날은 이미 국가마다 문화의 지탱력을 상실한 지점까지 와버렸어요.

예전에는 그래도 유전적인 기반으로 어느 정도는 기능했던 것이 이제는 제 구실을 못 하게 됐죠. 지금의 세계는 전 인류가 일체감을 지니고, 모든 민족이 하나가 되는 가족의 체험을 하고 있습니다.

그렇기 때문에 우리는 이 지구라고 하는 행성에서 다 같이 살아가는 법, 나아가서는 우리 자신을 이해하는 법을 배워야만 해요. 바꿔 말하면 요컨대, 신화를 발견하지 않으면 안 된다는 겁니다.

더욱이 신화는 다음의 두 가지를 내포하고 있죠. 하지만 이

어머니 루이제와 함께.

둘은 아직도 공존하지 못한 채, 어떻게 하면 하나가 되게 할지 여태껏 방법을 찾지 못했습니다.

하나는 절대적 가치로서 인간 개개의 유효성이고, 나머지 하나는 인류 전체입니다. 즉 민족과 혈통이 아니라, 이제는 인류 전체가 하나의 이상인 거죠. 이 두 가지가 하나가 되어야만 하는데, 어떻게 가능할지 나로서는 아직 전혀 감이 오지 않는군요.

…….

이것은, 지금, 특별히 시인이나 작가, 그리고 화가의 당면 과제라고 생각해요. ……신화란 몽상과 문예 창작으로 얻어지는 것이지 그 외의 방도는 없으니까요. 계산으로 알 수 있는 게 아니에요. 더더군다나 학문적으로도 만들어낼 수가 없어요. 그것은 비전이어야 하고, 우리 모두는 사실 이 비전을 찾는 것이나 다름없습니다.

지금까지는 없었던, 완전히 새로운 것이겠죠. 나는 항상 그 점을 놓치지 않으려고 이렇게 말하곤 합니다. 옛날에는 민족의 신화였던 것이, 다시 말해 그리스 신화, 히브리 신화, 로마 신화, 게르만 신화, 일본 신화였던 것이 장래에는 개인의 신화가 될 거라고요. 즉 개개의 인간이 완전하게 성장하려면, 각자의 신화를 가져야 합니다. 자기 고유의 것이 신화에 표현되거나 혹은 내포되어야 해요. 그랬을 때 두 사람의 만남은 각기 다른 두 개의 신화가 맞닿는 게 됩니다. 마치 그리스인과 히브리인(이 만나는 것)처럼요. 이게 현실이 된다면, 인류는 이제까지 알지 못했던 전혀 새로운 풍요를 만들어내겠죠.

하지만 개인의 신화라는 게 있을 수 있나요? '신화'란 항상 존재하는 전체의 것이지 않나요?

100퍼센트의 이상에서 98퍼센트를 걷어내고 본다면, 『끝없는 이야기』는 그러한 구상을 구현하고자 한 일종의 시도라고 할 수 있겠죠.

왜냐하면 그 안에는 하나의 신화…… 바스티안은 하룻밤에 수수께끼 같은 책을 읽게 되면서 자신의 신화를 체험했으니까요. 바스티안이 직접 몸으로 체험한 그의 신화인 것이죠. 바스티안은 그날 밤, 자신의 신화를 체험함으로써 이튿날에는 바깥세상으로도 갈 수 있는 힘을 자기 안에서 찾게 됩니다.

이 힘은 반드시 자신의 신화를 통해서만 발견할 수 있어요. 신화가 아니라면 모든 게 의미가 없으니까요. 바스티안의 어머니가 죽은 것도, 바스티안이 책을 한 권 훔친 것도, 모두 아무래도 상관없는 한낱 사건에 지나지 않아요. 하지만 바스티안이 자신의 신화를 찾아내고, 무엇보다 몸소 체험했기에 바깥세상의 문제에 몰두하는 힘을 발견할 수 있었던 겁니다.

물론 (이것으로) 엄청난 진일보를 이루었다는 건 아니에요. 그저 방향을 제시하려는 시도였을 뿐입니다. 전혀 다른 상황에 있는, 전혀 다른 사람이라면 완전히 새로운 신화를 체험하겠지요. 그건 또 그 사람의 신화인 겁니다. 어쩌다 바스티안이 이 사람을 만난다면, 그때는 두 신화가 만나는 게 되죠.

가령 코레안더의 신화를 쓴다고 합시다. 코레안더는 바스티안에게, 환상세계로 들어가면 어린 여제에게 새로운 이름을 지어주어야 할 것이며, 바스티안이 그렇게 해야만 한다고 말하죠. 분명히 코레안더도 어린 여제에게 새 이름을 지어준 적이 있을 겁니다. 아니면 그걸 어떻게 알았겠어요. 하지만 이야기에는 등장하지 않아요.

그러니까 여기서 이미 두 신화가 만난 겁니다. 그리고 그것이 서로 다른 두 개의 신화이기 때문에 불현듯 상대를 이해하게 되지요.

두 사람은 뿌리가 같은 거로군요.

둘은 같은 뿌리를 가지고 있어요. 각자 자신의 신화를 세상에서 가려진 쪽으로부터 퍼올렸고, 동시에 모든 것이 의미가 있는 왕국으로부터 길러올렸습니다. 결국 바스티안은 아무런 의미가 없는 바깥세상에서 모든 게 의미를 지닌 환상세계로 들어오게 된 것입니다. 거기에는 어떤 사소한 것에도 의미가 있죠. 바스티안은 이 의미를 모두 지닌 채 바깥세상으로 돌아갔으며, 그리하여 자기 인생에서 일어났던 사건에 의미를 부여할 수 있게 됐어요. 이것이 바로 신화의 기능입니다.

그렇군요.

하지만 그러려면 낡은 신화의 세계 즉, 아트레유의 세계는 사라져야만 했고 그렇게 아트레유의 세계는 없어집니다. 소멸하고 말아요. 바스티안은 모래알 정도밖에 남지 않은 암흑 속으로 뛰어들어요. 그리고 스스로 암흑 속에서 창조주, 즉 신이 되어야만 했습니다. 자기만의 세계를 만들어야만 했던 것이죠. 그렇게 바스티안의 손으로 완성된 세계는 처음부터 존재하게 됩니다.

바스티안은 그라오그라만에게 물어봅니다―어떻게 된 거지? 마음속에서 바랐더니 벌써 거기에 있어. 더구나 상상한 것보다 더 현실적이야. 이미 거기에 있었던 걸까? 아니면 내가 만든 것일까?

그라오그라만은 두 가지 다 맞다고 대답해요―주인님이 만들었으니 처음부터 거기에 있는 것입니다.

전후관계 같은 건 존재하지 않아요. 그런 의미에서 원인과 결과의 인과관계를 찾아볼 수 없습니다.

> '만들었으니 처음부터 거기에 있었다'는 구조를 보니 시
> 릴 이야기(「긴 여행의 목표」, 『자유의 감옥』)에 나오는 '찾았
> 으니 처음부터 거기에 있었다'는 말이 떠오르는군요.

다만 경은 얼어붙은 궁전에 마지막으로 도착하죠. 그 궁전이 경
에게는 어떤 의미인지 모르겠어요. 그림자의 몸짓이 환대인지,
냉대인지 분간할 수 없었으니까요. 이 이야기가 나에게 중요했던
건 특별히 그 점을 도덕적 문제와 결부시키지 않았다는 거예요.

독자와 대화를 하면서 깨달은 것인데요. 바스티안이 환상세
계에서 행동이 점점 악해지고 마지막에 가서는 무슨 과대망상
에 빠져 환상세계의 황제가 되려는 걸 보고, 독자들은 바스티안
이 잘못을 저지른 것이라 여기더군요.

하지만 필요한 일입니다. 바로 그 때문에 환상세계가 존재하
는 것이고요.

바스티안은 자기 속에 있는 것을, 악마적dämonisch인 면까지
모두 환상세계에서 현실화해야만 하고, 또 그럴 필요가 있습니
다. 어둠이 없다면 아무리 애써도 결단코 빛을 얻을 수 없으니
까요. 바스티안은 어둠도 통합해야 했기에 환상세계에서 독재
군주도 되어야만 했던 겁니다. 뿐만 아니라 친구인 아트레유를

1948년.

때려눕히고 내쫓기까지 하죠. 이것 역시 다 필요한 것입니다.

　바스티안의 행동은 잘못된 게 아니에요. 아이우올라 부인도 그런 말을 했죠. 생명의 물로 가는 길은 절대 똑바로 나 있는 법이 없어요. 항상 구불구불하지만, 아무리 복잡해도 생명의 물로 통해 있다면 그것은 올바른 길입니다. 본래 곧장 나 있는 길은 없으니까요.

　　신화는 그림처럼 얽혀 있는 느낌이네요. 그런데 '그림'과
　　같은 신화의 특성은 뭘까요?

그림은 개념을 뛰어넘어 자신의 모순까지 내포한 무언가를 표현하는 수단이죠. 세계의 어떤 신화도 그 예가 될 수 있겠네요. 모든 신화에는 모순이 존재하니까요. 가령 아폴론은 질서 혹은 방법, 태양을 상징하는 위대한 신이면서 동시에 범접할 수 없는 신이기도 합니다. 그래서 그리스인들은 될 수 있는 한 아폴론에게 다가가기를 꺼렸어요. 굉장한 동경의 대상이었지만, 어찌 보면 가장 동경한다는 건 다른 말로 가장 두려워하는 것이기도 하니까요. 그보다 위험한 것은 없는 법이죠.

　그림 외에 이런 걸 표현할 방법이 있을까요. 언어로는 불가능해요. 맞는 개념이 없거든요. 남쪽의 신탁소를 알아내기 위해서는 어떻게든 근심의 늪에 들어가야 하는데, 이를 알려줄 이는

태고의 노파 모라밖에 없습니다. 다시 돌아 나올 수 없는 늪으로 가야만 하는 거죠.

아니면, 중국에서 회자하는 말을 예로 들어볼게요. 길이 곧 목적지라는 말이 있어요. 앞서 내가 말한 모순의 하나죠. 지금 가고 있는 길이 목적지인데 왜 길을 가야 하는 거죠?

또 어떤 작정도 하지 않는 게 낫다면, 처음부터 아예 하지 않는 게 맞는 것 아닌가요? 궁수가 될 생각도 없는데, 굳이 왜 오랜 세월 활 쏘는 훈련을 해야 하는 거죠?

이것들은 개념이 상반되는 모순입니다.

선禪의 공안公案〔선을 시작하는 사람들에게 정진을 돕기 위해 사용하는 간결하고도 역설적인 문구나 물음. 화두라고도 함〕도 그렇죠. 대부분이 모순입니다. 손뼉을 칠 때, 한쪽은 어떤 소리를 내나요? 이것도 이치에 맞지 않는 말이죠. 개념으로는 풀리지가 않아요. 아무리 골몰해봐도 해결될 것 같지 않은 모순입니다.

*

하지만 그림은 그 자체로 충분해요. 그려진 그림을 두고 하는 말인데요, 그림으로 표현된 이야기도 좋습니다. 본디 불가능성을 내포한 이야기. 신화란 언제나 그런 것이니까요. 그렇기 때문에 신화는 항상 가능하지 않은 이야기인 겁니다.

모든 신화가 그러한데, 부처의 어머니 마야를 예로 들자면 부처를 임신할 때 흰 코끼리가 귓속으로 들어갔다고 전해지죠. 흰 코끼리가 귓속에 들어가서 부처를 임신하다니, 절대로 불가능한 일입니다. (웃음)

구약성서에도 그런 예가 많습니다. 전부 일어날 수 없는 일들이죠. 아흔 살 된 사라에게 천사가 찾아와, 하나님이 약속한 대로 아들을 임신하게 되는데 그가 바로 이삭입니다. 굉장히 늙은 노파가 자식을 밴 것이죠. 또 처녀 마리아는 어떤가요. 처녀가 아이를 잉태했다는 이야기, 말이 안 되죠. 바깥세상의 관점에서 보자면 상상도 못 할 일들이에요. 그렇지만 다른 의식 수준에서는 가능합니다.

　　언어를 그저 로고스로만, 그것도 논리의 요소로만 본다면 가능하지 않다고 여길 것 같군요.

나는 언어를 의미하는 두 가지 말에 관해서 계속 생각해왔는데요, 아직까지 이 둘이 어떤 관련이 있는지는 잘 모르겠습니다.

'언어'를 나타내는 말에는 그리스어로 두 가지가 있죠. '로고스'와 마찬가지로 '미토스(신화)'도 언어라는 뜻입니다. 하지만 '로고스'와는 다른 의미에요. 물론 로고스도 '로직(논리)'만을 의미하는 건 아니지만 그렇게 취급되기도 합니다. 그렇지만 당신이 전에 말했듯이 로고스란 사람과 사람을 이어주는 요소 그 자체예요.

그 점은 미토스(신화)도 매한가지입니다. 그런데 어째서 두 가지 말이 있는 건지는 아직 잘 모르겠어요. 여전히 안갯속입니다.

미토스(신화)에서는 뜻이나 의미가 전체로서 한꺼번에 이해된다는 점이 관계있지 않을까요?

지금 이야기한 '뜻'이라는 게 개념으로 표현될 수 있는 말로 종종 잘못 이해되는 듯해요. 하지만 그렇지 않죠. 만약 그렇다면 그것은 수수께끼라는 불가사의 전체가 그 베일을 벗게 될 테고, 그러면 이 세계는 속수무책으로 따분한 곳이 돼버립니다. 지루함 속으로 세계는 침식하고 말 거예요. 사람들은 모든 걸 설명하려 들 거고요.

그러니까 내 말은, 이 '뜻'이라는 개념에는 단계가 있고, 그것은 의식 수준에 따라 다른 것이 아닐까 하는 겁니다.

유럽에서는 로고스 관념이 주가 되는 것 같아요. 반면 일본에서는 논리적이지 않은 것에도 의미가 있다고 보죠.

문자의 방식에서도 차이가 드러난 바 있어요. 유럽 언어의 음성 형태는…… 먼저 구성 요소들로 분해된 다음에 한 단어로 합성됩니다. 철저하게 음성 형태인 거죠.

하지만 한자에는 의미 개념 혹은 상위 개념이라는 게 있어요. 음성 형태는 아니에요. 그래서 한자를 일본어로도, 중국어로도 읽을 수 있는 거예요. 게다가 중국의 북부와 남부에서는 발음이 전혀 다르다고 들은 적도 있습니다.

어떤 화가는 중국어를 전혀 못 하는데도 읽을 줄 알더라고요. 한자를 독일어로 읽은 거였어요. 독일어를 보고 발음하는 건 가능하니까요.

'나무'를 의미하는 한자를 보고 중국어로 발음하든지, 독일어로 '바움'이라고 발음하든지 사실 어느 쪽이든 괜찮잖아요. 한자야 같으니까요. 그런데 유럽 언어와는 아주 다른 형태로 글자를 이해하고 있어요. 중국어는 그렇게까지 피지스(물리적 존재) 속으로 들어가지 않아요. 어형태語形態, 즉 음성 형태에 들어가는 것은 두말할 필요 없이 피지스로 들어가는 걸 의미하지요. 말하자면 언어의 물리적 신체에 들어가는 것입니다. 그리고 언어의 물리적 신체가 글로 표현되는 것이고요.

한편 한자에서 글로 표현되는 것은 물리적 신체가 아니라 정신적인 것입니다. 물론 그래서 『마법의 칵테일』(긴 한 글자 제목)과 같은 것〔언어유희〕은 번역이 아예 불가능하죠. 어형태의 신기한 점이라면 한자에서는…… 바로 그 자리에서 의미가 생겨난다는 거예요. 다양한 문자 배열이 있지만 단 세 가지의 추상抽象으로 추려집니다. 원래 이 세 가지는 서로 관계가 없어요. 하지만 수도 없는 형태의 조합을 만들어낼 수 있죠. 그렇기에 한없이 다의적입니다.

동양의 사고 자체가 다의성에 목표를 둔다고 해도 좋을 만큼, 다의적이면 다의적일수록 진실에 가깝다고 말할 수 있는 거지요.

반면 서양에서는 이해가 목표입니다. 그것도 하나의 뜻으로 명확하게 이해되고 싶어해요. 문득 궁금해진 적이 있어요. 어떤 시를 이해했다고 할 때 그것은 정말 어떤 의미일까 하고요.

음, 보통은 그 시의 내용을 이해했다는 정도겠죠. 하지만 그것만으로는 시를 알았다고 할 수 없습니다. 시의 일의적인 명확성이라니, 터무니없는 소리죠. 만약 그렇다면 시에는 털끝만큼의 매력도, 음악도, 비밀도 없는 겁니다. 이것들은 전혀 다른 곳에서 찾아야겠죠.

그러니까, 여기서 다시 '시인은 말로 할 수 없는 것을 말한다'라는 결론에 이르게 됩니다.

자신의 작품에 관하여

'문자'와의 관계를 얘기하다보니 생각이 났는데요, 「운명의 상형문자」(『엔데의 메모 상자』)라는 이야기를 쓰셨잖아요. 거기에 등장하는 여성을 B 방송국에서 본 적이 있어요. 얼굴의 절반은 검고, 나머지 절반은 하얗습니다.

그럼, 실제 이야기인가요?

네, 왜 그렇게 되었는가를 쓴 게 그 이야기이기도 해요.

이 여성은 실제로 연인과 함께 있다가 폭격을 당했고, 시체 더미에 쓰러져 있었어요. 여러 날이 지났고 마침 그곳을 지나가던 의사가 아직 출혈이 있는 것을 발견해서 데려간 겁니다. 그녀의 얼굴 절반이 검게 된 것이, 뭔가 문자처럼, 마치 상형문자

1949년, 연극 학교 시절.

처럼 느껴졌고……. 물론 다른 상형문자가 그렇듯이 해독하기 어렵지만 그래도 거기에는 의미가 있는 것 같았어요. 그저 아무 이유 없이 그렇게 되었을 리는 없다고 생각했죠. 얼굴이 완전히 두 개로 나뉘어졌으니까요. 검은 쪽과 흰 쪽으로…….

그 여성은 실제로 내가 알던 사람이었습니다.

*

어딘가 비밀스럽고 기묘한 인물이 등장해서 세계가 갑자기 수수께끼 같아진…… 그런 소설을 쓰고 싶은데요. 필명은 다른 걸 써야겠죠. 안 그러면 독자들은 어리둥절해서 대체 뭐지 하고 헷갈릴 거예요. (그러잖아도) 독자들은 이미 충분히 혼란스러워하고 있으니까요.

나는 먼저 『짐 크노프』로 성공했지만, 사실 독일 작가들은 언제나 (어떻게 말하면 좋을까요) 어떤 책에서 성공을 거두려면 같은 책을 몇 번이나 써야 합니다. 나는 죽도록 『짐 크노프』만을 써야 하는 거죠. 속편이나 비슷한 형태의 새로운 이야기 말이에요.

하지만 나는 그러지 않았어요. 대신 10년 동안 한 권도 (장편의) 책을 쓰지 않다가 어느 날 갑자기 『모모』를 발표했습니다. 전혀 다른 책이었죠. 그래서인지 다들 『짐 크노프』와 같은 저자인 줄은 새까맣게 모르고 있더군요. 사람들은 나중에야 놀란 나머지 "아, 당신이 『짐 크노프』를 썼나요?" 하고 묻더라고요. 대부분의 독자는 잊어버렸던 거죠.

그리고 그로부터 6년 후에 『끝없는 이야기』를 출판했어요. 그때부터 이른바 어른용 책을 쓴 겁니다. 그리고 나서 『거울 속의 거울』에 이르자 독자들은 도통 영문을 모르게 돼버려요. 어떻게 판단하면 좋을지 가늠이 안 되는 겁니다.

『거울 속의 거울』은 확실히 독특한 책이긴 해요.

당신이 독자를 위해 후기를 좀 써서 어떻게 읽으면 좋을지 힌트를 주면 어떨까요.

미노타우로스나 다이달로스 혹은 이카로스 등 다들 미궁의 신화를 잘 알고 있는 건 아니라고 봐요. 이 신화는 어떤 형태로든 등장하니까요.

마지막 이야기('어느 겨울 저녁, 끝없이 펼쳐진 눈 덮인……')에서는 아리아드네나 테세우스가 젊은 투우사로 돌아오고, 게다가 이야기는 모두 연결되어 있죠.

때로는 몇몇 등장인물이 굉장히 닮은 모습으로 반복해서 등장하기도 하고요. 예를 들면 외다리 남자가 그렇죠. 외다리 남자는 마차를 끄는 마부로 등장했다가 중간에 갑자기 한쪽 다리를 잃어요. 이 남자는 반복해서 나오다가 마지막에는 창녀의 여왕이 나오는 대목('산 위의 매춘 궁전은, 오늘 밤……')에 등장합니다.

그리고 말인데요. 항상 지나가는 백마요. 꿈속을 달려서 빠져나가듯이, 모티브로서 몇 차례나 등장했다가 사라지곤 하잖아요.

이런 것들을 독자에게 제시해주면 어떨까 싶어요. 이 이야기를 어떻게 읽으면 좋을지 힌트로 말이에요.

『마법의 칵테일』은 어떤가요?

『마법의 칵테일』이야말로 번역하기 힘든 이야기일지도 모르겠네요. 하지만 다시 읽어보면 마법의 주문만 그렇지 나머지는 다른 책과 별반 차이가 없어요. 좀 그로테스크하죠. 또 예를 들면 마녀가 항상 은행장 같은 어조로 말한다는 걸 알아차려야 해요. 좀 현대적인 수완가 느낌이 나는 말투예요.

나는 사실 소리를 내서 읽듯이 글을 써요. 내가 글을 쓰는 방법은…… '정통파' 작가라면 그냥 묵독하면서 쓰겠죠. 적어도 요즘은 그런 것 같아요. 뷔히너상을 받고 싶은 작가라면, 가능한 한 콤마만 써서 한 페이지를 채워야 할 거예요. 거기에는 현대 작가임을 드러내는 어떤 '장치'가 있는 거죠. 하지만 나는 일절 그런 걸 하지 않아요.

왜냐하면 내가 원하는 건 이야기를 하듯이 책을 쓰는 것이니까요……. 저녁 무렵 다들 난로 앞에 모여앉아 와인 잔을 기울이고 있으면 나는 천천히 이야기를 시작해요. 그런 자리에는 좋은 울림을 가진 이야기가 어울립니다.

　　독일에서 나온 『짐 크노프』 카세트테이프 판은 작가님이
　　내레이션을 하셨더라고요…….

당시 짐 크노프나 리시 공주의 목소리는 아이들이 연기했는데…… 리시 공주 역은 일부러 스페인 어린이를 썼어요. 독일어가 유창하지 않아도 상관없었거든요. 리시 공주도 서툰 독일어를 하니까요. 네포무크 역할에는 쉰 목소리가 나는 변성기 소년을 썼고요. 그때는 소리의 믹싱을 비롯해서 다른 일들도 모두 거들었어요. 예를 들면 「해질녘 산골짜기」 장면 같은 건 메아리 효과를 충분히 살릴 때까지 다들 한마음으로 음향 담당자와 밤샘 작업을 했어요.

　보통 레코드 제작에서는 성우에게만 각본이 주어지고, 음향 담당자는 '멀리 종소리'라든가 '군중의 웅성거림' 따위가 쓰인 목록만 받기 때문에 스토리를 몰라요. 그러니 지체 없이 데걱 만들 수 있는 거죠. 내가 아는 바로는 그래요. 하지만 당시에 우리는 좀 다르게 했어요. 제작 회사도 아주 작았거든요. 운영이

힘들어 결국 K사로 넘어갔지만요.

　그래서인지 내게도 그 테이프는 아주 재미있고 구석구석 애정이 담겨 있는 작품입니다.

*

　「긴 여행의 목표」(『자유의 감옥』)에서 이졸데의 아버지이자 은행가 엘슈루는 코가 막혀 죽습니다. 비극이지만 어딘가 우스꽝스럽더라고요.

본래 이야기는 실없는 법이니까요. 시릴을 구할 수 있다고 믿었던 그 여자아이도 그렇죠.

　어떤 의미에서는 얄궂기도 하고, 일종의 유머라고 해도 좋을 거예요. 알다시피 숭고와 골계는 종이 한 장 차이잖아요. 연극론이나 희곡 구성법을 보더라도 모든 비극은 희극으로 바뀔 수 있습니다. 종막에서 이 둘을 맞바꿔도 연극론적으로는 하등의 문제가 없어요.

　그러니까, 깨달음(인식)의 장면이라는 게 있지요. 종막, 즉 다섯 번째 막이 깨달음의 장면이 되는데, 사실은 극 전체가 이 장면을 향해 왔다고 봐야죠. 비로소 주인공의 눈에서 비늘이 벗겨지고 현실을 깨닫게 되니까요.

에우리피데스 작 『엘렉트라』. 오레스테스 역의 엔데.

어떤 극도, 훌륭한 극이라면, 하나의 착오 위에 성립되어 있어요. 주인공은 진실을 알지 못해요. 두 가지 가능성이 있는데, 주인공이 다른 이를 꾄 것일 수도 있고, 혹은 주인공 자체가 잘못된 것일 수도 있습니다.

여기서는 주인공이 잘못된 예를 들어볼게요. (이 형태가 많거든요.) 가령 『오셀로』는, 극의 구성을 보자면 종막에 극적인 클라이맥스가 있습니다. 오셀로가 데스데모나의 목을 조르고 잠시 후에 깨닫는 장면이 나와요. 이 모든 게 이아고의 음모였음을 알고는 살인의 명분을 잃고 맙니다…….

이 두 장면을 바꿔도 괜찮아요. 깨닫는 장면을 죽이는 장면 앞으로 가져가면 모든 것은 질투에 눈이 먼 남편의 희극이 됩니다. 천만다행으로 남편은 영영 돌이킬 수 없는 일을 저지르기 직전에 진실을 깨닫는 게 되죠.

형식적으로도 약간의 차이에 불과해요. 극의 구성에서 두 가지만 맞바꾸면 희극을 비극으로, 비극을 희극으로 만들 수 있으니까요. 물론 좀더 들어가면, 당연히 이 두 가지 외에도 여럿을 바꿔야 합니다. 극이 시작될 때부터 어조를 통해 전체가 무無로 돌아갈 것이라는 암시도 그렇고요.

즉, 모든 희극은 무로 돌아갑니다. 항상 태산명동서일필泰山鳴動鼠一匹〔태산이 떠나갈 듯이 요동하더니 뛰어나온 것은 쥐 한 마리뿐이었다는 뜻으로 크게 벌이기만 하고 결과는 보잘것없음을 이르는 말〕

인 거예요. 마지막에 가서는 이리될 것을, 무엇 때문에 그리도 야단법석을 떨었던가……

물론 이것은 미리 제시됩니다. 어디 그뿐일까요, 옛날부터 비극일지 희극일지 관객에게 결말을 미리 알려야 하는 게 극작법의 규칙이죠. 관객은 헷갈리는 걸 질색하니까요.

하지만 나는 첫 희곡인 「유산 상속 게임」에서 관객이 질색하는 바로 그것을 했습니다. 희극조로 시작한 다음 결말을 침울하게 끌고 갔어요. 당연히 관객들은 화를 냈죠. 금기를 깬 겁니다. 반드시 지켜야 하는 관습이나 마찬가지니까요. 쭉 이어져온 연극의 규칙이자 무대와 관객 사이의 불문율 같은 겁니다.

나는 그 희곡에서 숭고와 그로테스크, 골계는 종이 한 장 차이라는 걸 말하고 싶었어요.

생각해보세요. 바이에른 왕국은 어째서 비스마르크가 창설한 북독일 연방에 가입했을까요? 어이없게도 루트비히 왕의 치통 때문이었습니다.

루트비히 왕의 침실은 지나치게 난방이 셌다고 해요. 비스마르크의 사자가 쓴 보고서에 따르면 침실에 있는 난로의 관이 방을 가로질러 전체를 데웠다고 하는데, 난방이 너무 센 탓에 왕은 이가 너무 아파서 진이 다 빠질 정도였다나봐요. 비스마르크의 사자는 루트비히 왕을 찾아가 성의 건축과 리하르트 바그너로 인해 불어난 빚을 추궁했습니다.

"빚을 전부 떠맡아줄 테니, 지금 여기에 서명하십시오."

왕은 반시간 정도 저항했죠. "아니, 지금은 안 된다. 그럴 수 없어. 이가 욱신거려 살 수가 없군" 하며 토로하다가 끝내 비스마르크 사자의 설득에 못 이겨 서명을 하고 맙니다. 이렇게 해서 바이에른 왕국은 북독일 연방에 가입하게 된 것이죠…….

만약 그 반대였다면, 독일의 역사는 다른 방향으로 흘러갔을 겁니다. 어쩌면 바이에른 왕국이 오스트리아와 연합하지 않았을까요. 하지만 루트비히 왕의 어금니가 썩었기 때문에 바이에른은 북독일 연방에 가입하게 되고 독일 제국이 탄생했습니다.

알다시피, 때로 상황은 그로테스크한 모양새로 흘러가는 법이니까요.

『짐 크노프』와 『모모』 사이: '사이'의 이야기

『짐 크노프』 이후 『모모』가 출판되기까지 거의 10년이라는 시간이 걸렸습니다. 작가님에게 그 10년은 어땠나요?

우선, 그사이 희곡 「유산 상속 게임」을 썼습니다. 프랑크푸르트에서 초연했고 앞서 이야기한〔관객들의 야유를 받은〕 스캔들이 있었죠. 당시는 『짐 크노프』가 잘 알려져 있을 때라, 사람들은 아동문학 작가가 갑자기 성인 대상의 작품을 썼다는 걸 용납하지 않았어요. 그래서 막을 내리게 됐습니다.

그때부터 「유산 상속 게임」을 직업 극단에 올린 적은 한 번도 없었어요. 프랑크프루트에서 1년간 상연됐다가 그 뒤 학생 극단에서 공연한 적은 있지만, 시의 극단이나 직업 극단에서는 일절 없었습니다. 하지만 학생 극단이나 학생들이 올린 연극에서는 여러 번 상연되었어요. 적어도 스무 번 정도는 되는 것 같아요.

　말씀드렸듯이, 당시로서는 연극에서 엄청난 실수를 저지른 거죠. 희곡의 어조에서부터 종막이 비극적일지 유쾌하게 끝날지 미리 관객의 마음을 준비시키는 게 오랫동안 이어져온 연극의 규칙인데 말이에요.

　　　…….

그때 내 생각을 말하자면, 희극조이지만 고통스러운 결말로 끝나는 희곡을 보여주고 싶었어요. 관객들은 그 점을 못마땅해했습니다. 그런 걸 인정하려 들지 않았어요. 관객들은 웃으려고 준비하고 있었으니까요. 관객이 무대에서 자기 자신을 찾고 그로 인해 중간에 웃음을 멈춰버리게 만드는 게 내 의도였지만, 관객들은 분개하더군요.

　한마디로 어리석은 일이었죠. 연극에는 관습이 있고, 그것을 어겨서는 안 되는 거였어요. 객석과 무대 사이에 존재하는 암묵적인 약속이었고 반드시 지켜야만 했던 거죠.

　하지만 내 희곡은 쓰인 그대로 상연되었습니다. 앞으로도 이대로 괜찮다고 생각합니다.

　　이 희곡 다음에는 어떤 작업을 하셨나요?

그다음에는 「꿈을 먹는 요정」(『마법의 학교』)을 썼습니다. 그때는 이미 로마로 거처를 옮긴 뒤였죠.

로마에서는 여러 구상을 하고, 초안을 잡아놓고, 이렇게 저렇게 서두를 써둔 상태였어요. 막 쓰기 시작한 이야기가 서랍장에 잔뜩 있었는데 중간에 쓰고 싶지 않아 내버려둔 작품입니다.

그런데 『짐 크노프』에서 성공해서, 비슷한 책을 더 쓰고 싶지는 않았나요?

전혀요. 오히려 그 반대였어요.

『짐 크노프』의 성공과, 무엇보다 같은 시기에 시작된 마케팅에 나는 적잖이 당황했습니다. 두번 다시 그런 것은 하지 않으리라 다짐했으니까요.

『짐 크노프』가 출판되고 나서의 이야기인데요. 하루는 책을 홍보하러 근교 마을에서 기차를 타고 출발해 슈투트가르트 중앙역에 도착했습니다. 우리가 탄 기관차에는 커다란 글씨로 '에마'라고 붙어 있었어요. 또 루카스 분장을 한 연기자와 짐 역할을 하는 흑인 남자 아이도 섭외되어 있었죠. 게다가 중앙역의 스피커에서는 남부독일방송 어린이 합창단이 부르는 환영의 노래가 흘러나왔습니다.

역을 나서자 혼례용 백마차가 우리를 기다리고 있었어요. 마차에 올라타 슈투트가르트 시내를 지나 K 백화점에 다다랐는데, 세상에나, 거기가 사인회 장소였던 거예요.

문득 내가 여기서 뭘 하고 있는 건가 하는 생각에 머리가 복잡해졌어요. 이게 대체 무슨 일인가. 이런 건 질색인데, 어쩌자고 여기까지 온 거지 하고요.

그 일이 있고는 절대로 하지 않겠다고 마음먹었어요. 그래서 부탁이 들어와도 거절했죠. 한번은 스폰서 회사와 함께 기구를 타는 계획이 잡혀 있었는데 끝까지 버티면서 기를 쓰고 거절했어요. 그러면서 속으로 다짐했죠—사람들에게서 잊힐 때까지 기다려야겠군.

하지만 그런 성공으로 자신감을 얻었겠어요.

시작은 좋았는데, 이런 식으로 점점 마케팅에 말려들다보니 어느 순간 무심코 내뱉은 말도 광고 문구로 사용돼버리는 걸 알겠더라고요. 그렇게 되면 입 밖으로 나온 이상 말은 곡해될 게 뻔한데, 그것만은 피하고 싶었거든요. 하지만 꼭 우려했던 대로 흘러가더군요.

그때 내가 할 수 있는 건 파업이든 아니면 아예 다른 일을 찾는 것이었어요. 그러려면 시간이 필요했고, 그 후로 10년이라는 세월이 흐르면서 저도 나이를 먹었죠.

『짐 크노프』 사인회.

『모모』도 발표 당시에는 그렇게 성공했다고 할 수 없어요. 한 해 한 해 시간이 지나면서 그 책을 찾는 독자층이 넓어진 거예요. 그래서인지 소란스러운 상황이 오더라도 너무 진지하게 대처하지는 않아요. 조금은 능숙해진 거죠.

『짐 크노프』도 『모모』도 아동문학상을 받았잖아요.

『짐 크노프』는 아동 도서 부문에서 독일 아동문학상을, 『모모』는 청소년 도서 부문에서 독일 아동문학상을 수상했습니다. 그런데 『모모』는 차점작과 한 표 차이였어요. 나중에 『끝없는 이야기』는 아마 서른 개 정도의 상을 받은 것 같은데, 청소년 도서 부문에서는 아동문학상을 수상하지 못했습니다. 그게 맞는 거죠. 작가 한 명이 계속해서 수상할 수는 없으니까요.

하지만 그 책으로 유럽 아동문학상과 아동청소년문학대상도 수상했고, 제가 특히나 자랑스럽게 여기는 야누슈 코르착 상도 받았어요. 이 상은 유대인 교육자인 야누슈 코르착의 이름을 딴 폴란드 아동문학상입니다. 어느 날 그가 운영하는 고아원의 유대계 아이들이 강제수용소로 끌려가 독가스로 죽임을 당하게 됐어요. 코르착은 충분히 혼자서 빠져나갈 수도 있었는데, 두려움에 떨지 않도록 아이들을 안심시키며 가스실에서 함께 생을 마감했습니다. 아이들은 코르착을 존경했죠. 그는 진정한 영웅이었습니다.

무엇보다 그 상이 다름 아닌 독일 작가에게 주어졌다는 것은 굉장히 특별한 사건이죠. 그저 하나의 문학상에 그치는 게 아니라 깊은 골을 지나 내밀어준 우정의 손길이라고 생각해요.

다시 아까 10년의 시간으로 돌아가보죠. 엉뚱한 계기로 『짐 크노프』를 쓰기 시작하면서, 대성공을 거둔 뒤 『모모』를 내기까지 10년은 작가로서 성숙했던 시간인 듯싶은데요. 그동안 내면에는 어떤 일이 있었나요?

저는 다시금 찾아 나섰습니다. 제가 원래부터 쓰고 싶었던 것, 그러니까 어떻게 하면 몽환적인 문학에 가까이 갈 수 있을까를 찾고 또 찾았습니다.

그때부터 이미 자신이 쓰고 싶은 문학이 뭔지 알고 있었던 거로군요?

네, 처음부터 문학을 향한 제 노력은 오로지 그것뿐이었어요. 그 자체로 조화로운 '그림'의 세계를 찾는 것이요. 그 세계는 바깥 세상과는 별개여도 괜찮습니다.

두말할 것 없이 이를 위해 수많은 시도를 했어요. 『거울 속의 거울』에 들어간 이야기 중에는 『짐 크노프』보다 앞서 생각한 것도 있지만, 『거울 속의 거울』은 『끝없는 이야기』가 나온 다음에 겨우 책으로 만들 수 있었죠. 거의 10년에 걸쳐 완성했습니다. 몇 번이고 새로운 시도를 되풀이했지만 그럴수록 더 만족스럽지 않았어요. 아니, 도저히 안 되겠다 싶어 서재에 처박아두기도 했습니다.

또 이런 것을 무대에서 공연으로 해보면 어떨까 하고 도전해봤어요. '그림'과 같은 형태의 연극으로, 다른 소재를 써보려고 했죠.

그런 노력 중 하나가 일반적인 '이야기 논리'의 껍질을 깨는 것이었어요. 보통의 소설에서는 원인과 결과의 인과 논리, '~이니까'라는 식의 논리, '왜 그는 그렇게 행동하는가?' — '~이니까, 그런 행동을 한다'는 식 말이에요.

저는 늘 그게 거슬렸어요. 내게는 삶이란 결코 인과 논리가 아니라는 믿음이 있거든요. '~이니까' 뭔가를 하는 건 있을 수 없어요. 이유는 항상 나중에 붙죠. 왜 그가 그렇게 했는지, 이유는 나중에 알게 되는 거예요. 실제로는 전혀 다른 동기가 작용합니다.

그래서 나는 항상, 말하자면 새로운 형태의 연극론을 찾으려고 노력했어요. 명백한 이치는 존재하되 일반적인 외적 논리를 따르지 않는 새로운 연극론 말이에요.

짐작하셨겠지만, 그러자 곧바로 펜이 멈췄습니다. 글을 쓰고 있자면, 그러려고 하지 않아도 금세 또 그런 일반적이고 외적인 논리에 빠져 들어갔어요. 그걸 알아차리는 순간 쓰기를 중단하고는 '안 돼, 또 이 논리에 빠져버리다니'라며 자책했지요.

그리고 앞서 말했듯이 『거울 속의 거울』은 원인과 결과로 성립된 인과=논리적인 연결 고리가 아닌 전혀 다른 관점에서, 소위 음악적인 관점에서 '그림'을 차례차례 이어가는 콘셉트입니다.

새로운 시도네요. 어떤 생각으로 진행하신 건가요?

이 작품에서 각종 사상이 의미를 지닙니다. 예를 들면 부負의 드라마투르기도 그래요. 그리스 신전에서 중요한 부분은 기둥이 아니라 기둥 사이에 있는 (부의) 공간이라 해도 될 정도로 결국 보이지 않는 것, 즉 여백이야말로 사실은 가장 중요한 부분인 거죠. 이는 노자의 말과 일맥상통합니다. 노자는 이런 말을 남겼어요.

"찰흙으로 그릇을 만들지만 찰흙이 에워싸는 허무의 공간이야말로 그릇의 본질(유용성)이다."

또 "서른 개의 바퀴살이 바퀴통(중심)으로 모이지만, 바퀴살 간의 허무의 공간이야말로 바퀴의 본질(유용성)이다"라고 했지요.

그렇다면 사이에 있는 (공허한) 공간을 본질로 봐도 좋다면,

문학에서는 어떻게 적용할 수 있을지 늘 고민해왔습니다. 이야기하기는 사실 '말하지 않는 것', 즉 '그림' 사이에서 일어나는 것에 주목하게끔 하는 역할에만 충실하면 되는 겁니다. 당시에 나는 이 점을 위해 노력했어요.

　　그렇군요.

어떤 의미에서 보면 『거울 속의 거울』은 내 책 중에서 가장 독창적인 작품이라고 할 수 있을지도 모르겠네요. 다른 어떤 소설과도 비교가 안 되니까요. 정말로 그런 것 같아요. '그림'의 요소가 많이 들어가 있는 카프카의 소설도 결국에는 인과=논리적인 이야기에서 벗어나지 않아요. 하지만 이 책에서 내가 시도한 것은 마치 옷감을 짜듯이 올이 사방으로 열려 있죠. 또 그 어디에도 고정되어 있지 않아서 허공을 떠도는 것만 같아요.

　　다의적이라는 말씀이군요.

　끝없이 다의적입니다. 그럼에도 불구하고 '그림'의 기술記述은 지극히 구체적이에요. 일제 아이힝거(1921~)와는 달라요. 아이힝거도 허공을 떠도는 것 같은 이야기를 썼지만 거기서는 '그림'을 찾아볼 수 없거든요. 말에만 머물러 있는 거죠. 나는 확실한 정경을 갖고 싶었습니다. 모든 것이 아주 구체적으로 묘사된 정경 말이에요. 단, 거기에 얽매여서는 안 돼요. 이야기는 시작되면 끝이 있게 마련이죠. 그 안에는 뭔가 존재하는데, 그 뭔가란 대체 무엇일까요?

'이날 저녁 늦은 뱃사람은 줄기차게 불어대는 바람을…'에는 마스트를 내려오는 뱃사람이 등장합니다. 마침 그때 활대 위에서 줄 타는 광대가 내려오고 있었고요. 서로를 지나쳐야 하는 상황이 되자 둘은 싸움이 붙었습니다. 왜 싸우는 걸까요? 십자十字, Kreuz가 빌미가 된 거죠. 한쪽에서 저건 남십자성이라고 말하자 나머지 한쪽은 이렇게 물어요.

"아예 내 허리 십자뼈를 부러뜨릴 작정이냐?"

그때부터 느닷없이 '십자'라는 말로 말장난이 시작됩니다. 뱃사람은 줄 타는 광대의 균형봉을 들고는 수평으로 걷기 시작해요. 한편 줄 타는 광대는 망원경을 손에 쥐고 마스트를 내려갑니다. 이 두 사람은 뭘 하는 걸까요? 둘은 교차하며 의도치 않게 십자를 그리게 된 거예요.

교차점, 그러니까 둘이 만난 지점에서 싸운 거죠.

이것은 그저 하나의 사건입니다. 재미있는 사건이죠. 무엇을 의미하는지는 나도 모릅니다. 궁금해한 적도 없고요. 아무런 판단 없이 거기서 일어나는 일을 잠자코 지켜보는 것만으로도 충분합니다.

또한 독자들이 판단하지 못하게 하려는 저의 본뜻도 있어요. 문학적으로 재단하지 말라는 게 아니에요. 그것하고는 다른 얘기지요. 여기서 일어난 일이 좋은 것인지, 나쁜 것인지, 그런 판단을 내릴 수 없다는 겁니다. 그냥 열린 채로 두는 거죠.

『거울 속의 거울』에 관하여

……진과 창녀촌에 있는 소년의 이야기('손에 손을 잡고 두 사람이 길을……', 『거울 속의 거울』에 수록)에는 낙원에 가본 적이 있는 우주 비행사가 등장해요. 거기서 소년이 깨우친 가르침은 대체 뭘까요? 소년은 그곳에서 난생처음 희망을 잃고 절망하죠……. 그렇게 희망의 상실에 직면하게 됩니다.

그런데 이건 좋은 일일까요, 나쁜 일일까요? 저는 알지 못합니다. 진이 좋은 사람인지, 나쁜 사람인지조차 모르니까요.

왜냐하면 진이 이렇게 묻거든요.

"악이라고요? 그게 뭐죠?……그게 뭔지 정말로 알게 되는 날이 온다면, 어쩌면 도련님이 나에게도 알려줄지 모르겠군요" 하고 소년에게 말합니다. "하지만 정말로 어른이 되는, 그날까지는……."

음⋯⋯.

이 대목에서 제가 생각한 건, 소년이 어쩌면 미래의 부처가 아닐까 하는 거였어요. 이전의 부처가 체험하지 않았던, 아니면 체험하지 않은 순수한 상태로 악과 마주하게 된 것은 아닐까 하고요. 그래서 먼저 악을 속으로 받아들여야만 했던 거죠. 악을 완전히 바꾸기 위해서요.

그때까지 소년은 악이란 그저 잘못된 것이라 생각합니다. 악하지만 않으면 그걸로 만사형통이라고 여기죠. 그 말을 듣고 진은 처음으로 화를 내요.

그렇게 간단한 게 아니니까요.

작가님은 이 이야기들을 원인과 결과라는 인과론으로 쓰지 않았는데, 한편으로는 그럴 수도 없었을 것 같아요. 책에 나오는 정경은 '그림'인가요? 실제로, 존재하는 바깥 현실의 정경이 아니더라도 언젠가 어디서 본 적이 있는 '그림'인가요?

집필 중에 생겨난 '그림'도 있어요.

기존의 이야기에서 '그림'을 자주 꺼내기도 했어요. 가령 진과 소년의 이야기 바로 전에는 파가드 이야기가 등장하는데, 거

1951년, 페터 보카리우스(오른쪽)와 함께.

기서 파가드는 아이의 손을 잡고 떠납니다. 둘은 '그림'으로부터 사라지고 지평선을 향해 걸어간다고 짐작되죠. 이어지는 이야기의 시작은 다음과 같습니다…….

길이 있다. 두 사람은 손을 잡고 길을 걸어간다…….

…….

그러니까 여기서는 손만 클로즈업돼요. 두 사람의 손이요. 그러면서 다가오는 또 다른 두 손과 오버랩됩니다.

어떤 때는 마냥 기다리기도 했어요. 무슨 일이 일어날까? 뭔가 일어나겠지 하면서요.

신기하게도 이야기는 그 자체에 의지가 있습니다. 어디론가 가려고 하죠. 거기에 몸을 맡긴 채 나를 어디로 데려가는지 보는 겁니다.

이야기가 그저 흘러가는 대로 둡니다. 나를 어디로 이끄는 걸까?

그렇게 하다보면 모든 이야기는 '그림'을 지니고 있다는 걸 알게 돼요.

'미노타우로스의 독백'을 예로 들어볼게요. 마지막 부분에 나오는 장면인데요〔『거울 속의 거울』의 제1화〕, 체험한 기억뿐 아니라 찾아드는 기억까지도 미노타우로스는 길고 끝이 없는 옷자

락인 양 모두 끌어가요. 게다가 그것은 점점 더 길어지기만 합니다.

같은 '그림'은 이카로스의 이야기에 또 등장해요. 이카로스는 시험에 통과해야만 하는 처지인데, 미궁 주민들의 물건이 그물에 죄다 엉켜버려 갈수록 무거워집니다. 그 바람에 이카로스는 날 수 없게 되었고요.

바꿔 말하면, 정말로 미궁에서 빠져나가고 싶었다면 가만있어서는 안 되는 거였어요. 다른 사람들이야 어떻게 되든 말든 절대 마음을 쓰지 말았어야 했습니다.

하지만 이카로스는 고분고분했고, 또 무엇보다 번뇌하는 사람들에게서 고뇌의 한 자락을 덜어서 가져갔기에 결국 자신도 미궁에 갇힌 겁니다. 미궁은 401호라 적힌 하늘색 방과 연결되는데요, 바로 다음 이야기의 무대이지요.

토리노의 성해포

작가님의 아버지는 화가였죠. 그런 아버지와는 달리 작가
님은 언어로 이야기를 하는데, '그림'과 '언어'라는 두 가
지 표현 수단을 동등하게 봐야 할까요?

'언어'는 '그림'보다 많기도 하고 적기도 하죠. 양쪽 다입니다.
'그림'은 물론 언제나 좀더 구체적이에요.

'경치가 웅장하다'라고 한다면, 독자의 상상은 천차만별일 것
입니다. 좀더 묘사하는 것도 가능하겠죠. 독자는 이번에도 제각
기 뭔가를 상상합니다. 하지만 애매하기는 마찬가지예요. 형용
사를 써서 경치의 훌륭함을 묘사할 수 있겠죠.

반면에 화가는 경치를 장대하게 그려야만 해요. 그러고 보면,
언어로 인한 막연함은 장점이자 단점이기도 하죠. 삽화를 보고

있으면 그런 생각이 더 들어요. 책에 실린 삽화는 진심으로 '이거다!' 할 정도로 그럴싸한 게 거의 없으니까요.

　그렇군요…….

한두 개 정도 멋진 게 있긴 해요. 귀스타브 도레(1832~1883)가 그린 『돈키호테』의 삽화가 그렇죠. 돈키호테의 얼굴이 정말로 그럴 것 같고, 산초 판사도 정말 그렇게 생겼을 것 같아요. 풍경도 그럴듯합니다. 단번에 수긍이 가요.

　하지만 대부분의 삽화는…… 가령 서구 회화의 예수상을 떠올려보세요.

　'이거야말로 예수다!' 하고 와닿는 그림은 얼마 없죠. 대부분 친절해 보이거나 아니면 미남이죠. 그저 섬세하고 상냥한 남자로 보이는 정도예요. 성경의 문장에서 나타난 위대함, 존엄함은 레오나르도 다빈치의 그림에서도 찾을 수가 없습니다.

　유일하게 진정한 예수가 보이는 건 토리노의 성의, 즉 세마포뿐입니다. 보신 적이 있는지 모르겠는데요, 저는 늘 그 사진을 지니고 있어요.

　토리노의 세마포(수의)는 학술적으로 상당히 의심을 받았어요. 당연한 것이겠지만…….

네, 들어본 적 있어요. 성해포 이야기군요.

세마포의 음화에서 그리스도의 얼굴을 발견한 겁니다. 그리스도의 시신을 쌌던 수의였어요. 그것이 진짜라는 증거는 많이 있습니다.

누군가 조사했습니까?

벌써 여러 차례 조사가 이뤄졌어요. 몇몇 상세한 증거가 있는데, 대수롭잖게 넘길 것들이 아닙니다.

성의는 4세기까지 거슬러 올라가는데, 술탄이 소유한 시기도 있었어요.

(그리스도를 십자가에 못 박은) 못 자국은 보통 그림에서처럼 여기(손바닥)에 있지 않고 사실은 손목에 있습니다. 의학자가 쓴 글에서 봤는데요, 유일하게 손목의 이 부위만 손이 찢어지지 않고 못이 버틸 수 있다고 하더군요.

손바닥뼈는 방사형으로 벌어져 있기 때문에 못을 지탱할 수 없겠네요. 살과 가죽만으로 체중을 버티기는 억부족이니까요.

만져보면 알죠. 만져보면(손가락으로 손목을 만진다), 음, 이쯤에 공간이 있어요. 여기라면 못을 박아도 신체의 하중을 견딜 수 있는 거죠. 그 위쪽에 가로로 이어진 뼈들이 있기 때문이죠. 손목이 아니라 여기(손바닥)에 못을 박는다면 손이 찢어지고 맙니다.

토리노의 세마포에는 못 자국이 손목에 있어요. 옆구리 상처도 의학적으로 봤을 때 창으로 찔러서 피와 물이 동시에 쏟아져 나오는 바로 그 지점에 있다고 해요(심장에서 아직 응고되지 않은 피와 폐의 혈청이 흘러나온 것이라는 의학자의 설명을 덧붙였다).

가시 면류관의 상처도 일일이 확인할 수 있어요. 가시 면류관은 역사상 유례가 없습니다. 하지만 고대 십자가형에 대한 기록은 많죠. 노예를 십자가형에 처했다는 고대 로마 시대의 기록이라든지……. 하지만 가시 면류관에 대한 기록은 하나도 없습니다. 십자가를 진 어깨의 상처도 보이죠.

전신에 채찍으로 맞은 상처도 식별할 수 있는데 어떤 채찍에 맞았는지 복원도 가능합니다. 아마도 끝에 납으로 된 구슬이……, 그러니까 몇 갈래의 채찍 끝에 납 구슬이 붙어 있고, 거기에 또 작은 뿔이 달려 있어서 맞을 때마다 살점이 떨어져 나갔을 겁니다.

…….

이 모두가 토리노의 세마포에 새겨진 것들입니다.

십자가형은 노예나 최하층의 범죄자에게만 내려진 형벌이었으며 시신은 보통 어딘가에 매장되었습니다. 그런 식으로 처형된 자의 시신이 고가의 세마포에 싸인 것도 희귀한 일이죠. 섬유를 보고 아주 고가의 천이란 걸 알 수 있었죠. 그 당시부터 있었던 알로에즙 같은 고급 약초 즙을 머금고 있었거든요.

토리노의 세마포는 시신을 안치하고 덮은 천으로 보입니다.

이 모든 것이 성의가 진짜라는 걸 말해주죠.

하지만 그럴 리 없다는 반대 의견도 있습니다. ……나는 위조라고는 생각하지 않아요. 예를 들어 수십 장이나 되는 성 베로니카의 성해포는 늘 음화가 아니라 양화로 찍힌 게 나오죠. 게다가 기법만 봐도 그려진 것이라는 게 명백해요.

하지만 이 토리노의 천에는 실제 피, 정확히는 단말마의 땀이 스며 있습니다. 그 외의 다른 설명은 불가능해요. 그대로 찍힌 모습이니까요.

하지만 다음과 같은 반론도 있어요. 만약 얼굴을 천으로 감싸고, 단말마의 땀이나 뭔가로 얼굴이 천에 찍혔다고 칩시다. 그 상태에서 천을 떼어내면 거기에는 얼굴 모양이 아니라, ……뭐라고 표현하면 좋을까요.

마치 정육면체의 전개도처럼, 입체적인 것을 평평하게 펼

1951년, 페터 보카리우스(왼쪽)와 함께.

친 것처럼 보이겠죠. 면적이 넓어질 겁니다.

……네, 더 넓어지겠죠. 하지만 토리노의 세마포는 그렇지 않아요. 진짜 얼굴처럼 반듯합니다. 초상이에요.

그러나 서기 4세기, 사진 기술도 전혀 없을 때 음화로 표현한다는 건 상상할 수 없는 일이죠. 비슷해 보이는 다른 것들은 모두 양화니까요.

네.

내 얘기를 하자면, (증명이 안 되는, 그냥 경험담이라는 말을 해두고 싶군요) 전쟁이 끝나고 얼마 지나지 않아 어떤 노부인의 집을 방문한 적이 있어요. 그 집의 피아노 위에 커다란 토리노의 세마포 사진이 놓여 있었습니다. "여태껏 본 것 중 예수와 가장 닮은 사진이군요. 어디서 났나요?" 하고 물어봤습니다.

노부인은 예수를 그린 그림이 아니라 토리노의 세마포라고 알려주었어요.

그때부터였을 거예요. 토리노의 성의가 마음에 든 게 말이지요. 최소한, 설명할 수 없는 기묘한 것이니까요. 대체 어떻게 생겨난 걸까요? 여기를 한번 보세요. 가시 면류관이 보이죠. 피도요. 그리고 주먹으로 맞아서 코가 부어 있는 것도 알 수 있어요.

한쪽만 부어 있습니다.

처음 봤을 때부터, 이 형상에는 이유 여하를 막론하고 나를 끌어당기는 존엄이 있었습니다. "이게 진짜다. 예수 그리스도는 틀림없이 이런 모습이었을 거야. 그걸 내가 어떻게 아는지는 모르겠지만(웃음), 어쨌든 분명히 알겠어." 처음 본 순간 나도 모르게 터져 나온 말입니다.

제2장

소년 시절의
기억

1942년.

엔데의 인생에 관하여

다무라 도시오

1929년 11월 12일, 미하엘 엔데는 알프스 근방의 남부 독일 가르미슈에서 태어났다.

북독일의 항구 도시 함부르크 출신인 미하엘의 아버지, 화가 에드가는 당시 연인을 따라 남쪽으로 왔다. 엔데의 애독자라면 어머니인 루이제와 에드가가 만나게 된 사연을 알고 있을 것이다. 어느 날, 비를 피해 들어간 가게의 여주인이 바로 루이제였다. 레이스 따위의 수예품과 아름다운 돌을 취급하는 가게였다고 한다. 비가 그치기를 기다리며 둘은 사랑에 빠졌고, 그렇게 미하엘 엔데가 태어났다.

안개가 자욱한 북쪽 동네에서 온 엔데의 아버지는 이후 정신세계를 대표하는 화가라 불렸다. 남쪽 숲속의 작은 마을에 살고 있던 어머니는 반짝반짝 빛나는 다양한 색을 띤 돌이나 그 지역의 아름다운 수예품에 둘러싸여 생활했다. 그러고 보니 양친의 만남에서부터 이미 미하엘 엔데 세계의 색채를 엿볼 수 있는 듯하다.

가르미슈에서 태어나 뮌헨에서 자란 미하엘 엔데는 바이에른 사람이다. 그는 어딘가 모르게 토속적인 정취가 남아 있는 바이에른을 좋아해서 『고츠고로리 전설』이라는 바이에른 설화를 쓰기도 했다.

바이에른에 대해 간략히 설명하자면, 독일의 동남쪽에 위치하여 동쪽은 오스트리아, 체코 등의 동유럽 국가와 붙어 있고(이때문에 유대계 문화가 풍부하다. 유대인 카프카와 유대 문화, 카발라에 심취한 오스트리아인 구스타프 마이링크를 떠올려보라), 남쪽으로는 알프스를 사이에 두고 이탈리아 등 지중해 세계가 눈부신 태양 아래 펼쳐진다. 지중해 세계는 그리스 로마의 고전과 아라비아 그리고 동방의 문화가 교차하는 지점이기도 하다. 이토록 굉장한 위치에 엔데의 잊지 못할 소중한 경험이 깃든 시칠리아섬이 자리하고 있다. 어찌 보면 매우 흥미로운 사실이다.

엔데가 태어난 1920년대의 마지막 해를 살펴보자. 먼저 1920년대 독일은 제1차 세계대전의 패전국으로, 제국이 붕괴되면서 제정 시대도 막을 내렸다. 이미 모두 피부로 체감하고 있던 구질서의 해체는 뚜렷한 현실이 되었으며 대중이 사회의 전면에 나선 시기로, 여성 해방을 강하게 외쳤지만 동시에 도덕적 해이에 빠지기도 했다. 더욱이 오늘날로 이어지는 근대 기술이 엄청나게 확산된 시기이기도 하다. 1923년 처음으로 독일에서 라디오 방송이 시작되었고 1928년에는 브레히트의 「서푼짜리 오페라」가 베를린에서 초연되었다. 엔데가 태어난 1929년 독일에서도 발성 영화가 등장했고 비행선 체펠린의 세계일주도 그해에 있었다.

하지만 1929년이라면 무엇보다 세계 대공황이 시작된 해다. 발단이 된 뉴욕 주식시장의 주가 대폭락, 이른바 검은 목요일은 엔데가 태어나기 불과 2, 3주 전의 일이었다. 1920년에 나치당이 사회민주당에 이어 제2당으로 올라가고, 1932년에는 제1당을 차지한 뒤 바로 다음 해인 1933년에 정권을 장악한다. 나치는 당시 경제적 불안과 구체제 해체 이후의 무질서 아래서 대중과 근대 기술을 종횡으로 주무르며 세력을 넓혀갔다. 그들은 새 질서와 체제를 소리 높여 외쳤고 그러한 국가를 제삼제국이라 불렀다.

엔데는 인생의 첫 10여 년을 나치 제국에서 보냈다. 그 시절 엔데는 아직 예술가의 정취가 남아 있는 뮌헨의 슈바빙 지구에서 자랐고 아버지 에드가는 퇴폐 예술가라는 꼬리표 때문에 그림 그리는 일이 금지되었다. 창밖으로 나치의 붉은 깃발이 집집마다 늘어져 있었고, 검은 색과 갈색 제복의 남자들이 구두 징소리를 내면서 행진했으며, 군중은 환호성을 질러댔다. 하지만 양친은 물론 친분이 있는 유명, 무명의 예술가들도 나치에 비판적이었기 때문에 아틀리에 겸 주거지였던 보잘것없는 엔데네 집 다락방은 고요하고 아담한 예술의 별세계로 자리매김했다. 또한 어린 엔데는 서커스단을 알게 되면서 방랑 예술을 통해 또 다른 차원을 경험한다. 엔데에게 그것은, 나치가 부르짖었던 거짓 질서나 새로운 체제보다 하잘것없지만 진정한 유토피아로 통하는 문이 아니었을까.

엔데의 가계와 소년 시절

나는 아픈 것에는 익숙하지 않아요. 여태껏 살면서 병에 걸린 적이 없거든요. 입원한 것도 이번이 처음이니까요. 치통이나 감기 정도는 앓은 적이 있어도 중병에 걸린 일은 평생 한 번도 없었어요. 어릴 적부터 건강했어요.

좀 무리를 해도 이내 괜찮아지는 체질입니다. 다른 사람이라면 힘들어서 못 버티는 일도 나는 끄떡없었거든요. 바이에른 방언으로는 이런 체질을 '짐승 체질viehnatur'이라고 하죠. 그랬던 것이 지금은 갑작스레 차례로(병에게 습격당해서)……. 원래는 아주 건강한 체질입니다.

부모님도 그러신가요?

어머니는 건강 체질이었어요.

아버지는 어릴 적부터 심장이 안 좋아서 무리하면 안 됐죠. 아버지는 조금만 부대껴도 금세 안색이 안 좋아져서 가만히 누워 쉬셔야 했거든요. 약골이었죠. 군대에서는 하마터면 돌아가실 뻔했어요.

그래도 살아남으셨습니다. 화가 일이 살렸죠. 그림 그리는 사람이라고 그나마 특혜를 받았거든요. 장교들이 다들 아버지에게 초상화를 그려달라고 해서 아버지는 일상 임무에서 해방될 수 있었대요.

고사포 진지에 배속되고 나서도, 운 좋게 동부전선으로 투입되지는 않았어요. 참 다행이었습니다.

*

페터 보카리우스가 우리 집 가계를 거슬러 올라가 조사한 적이 있는데, 좀 재미있는 것이 나오지 않을까 내심 기대했어요. 엉뚱한 직업이라든지…… 그런데 특별한 건 없었어요. 아무것도요. 식당 주인이나 개신교 목사가 두세 명 있었고 그 외에는 모두 수공업 장인이었습니다.

작가님 집안의 고향은 어디인가요?

1940년, 아버지 에드가와 미하엘 엔데.
그해 아버지 에드가는 소집 영장을 받았다.

보카리우스는 어머니 쪽 가계만 살펴봤는데, 아버지 쪽은 슐레지엔 지방 출신입니다. 제 증조모는 마치 마녀처럼 희한한 일을 할 줄 아는 여성이었어요. 예를 들면 대상포진(헤르페스) 따위의 병을 '베슈프레힌'이라는 방법으로 고쳤다고 해요.

'베슈프레힌'이 뭔지 아시나요?

아니요.

'베슈프레힌'은 마법의 주문인데, 즉 말로 특정 질병을 쫓아내는 거예요. 증조모는 그런 일을 했어요. 그래서 '특별한 능력을 가진 여자(=마녀)weise frau'로 불렸습니다. 증조모는 일찍이 남편을 여의고, 그러니까 아버지의 할아버지는 아직 젊었을 때 사고로 돌아가셨고 증조모 혼자서 자식들을 키우셨어요.

증조모의 집을 어디선가 사진으로 본 적이 있어요. 산의 정령 뤼베찰Rübezahl이 있는 리젠게비르게에 위치한 그 집은 정말로 마법사가 살고 있는 것처럼 보였습니다. 약초 따위를 기르면서 마법을 부렸던 거죠. 작은아버지가 늘 입에 달고 살았던 얘기예요.

보카리우스는 이외에도 마법사를 한 명 더 찾아냈는데, 증명할 수는 없었어요.

훈스뤼크 지방에 16세기 무렵 수수께끼 같은 책을 몇 권 썼던 인기 작가가 있었다고 해요. 파라셀수스(스위스 의학자 겸 화학자, 1493~1541)와 당시 유명했던 몇몇 사람도 그를 인용했습니다. 지금은 이름도 잘 생각나지 않지만, 분명히 무슨 관계가 있을 것 같았어요. 내 눈으로 직접 확인해보려 했죠. 주립도서관이라면 소장하고 있을 테니까요. 하지만 제대로 증명할 수는 없었어요.

어머니의 부모는 성이 잣토라였습니다.

어머니는 고아로 고아원에서 자랐어요. 어머니의 옛날 성은 바르톨로메라서 위그노(프랑스의 개신교 일파)일 거라 짐작했는데(1572년에 파리에서 일어난 위그노파 학살 사건은 '성 바르테르미(바르톨로메) 대학살'이라고 부른다), 보카리우스의 조사에 따르면 위그노와는 아무 관계가 없다고 하네요.

아버지와 만났을 때 어머니는 가르미슈 마을에서 자수와 보석을 취급하는 작은 가게를 운영하고 있었습니다.

우리 독일은, 족보가 대부분 '30년 전쟁'(1618~1648)에서 끊겨요. 귀족 집안만 더 거슬러 올라갈 수 있죠. 30년 전쟁 때 문서와 교회 기록부가 모조리 잿더미로 변했기 때문에 일반 시민의 족보는 모두 거기서 단절됩니다. 그래서 대체로 17세기에서 더 올라가지 않아요.

그 시대에는 대부분의 것이 파괴되었어요. 지금 생각해보면 "스웨덴인이 쳐들어온다!"는 외침만으로도 훈족 때처럼 유럽 전역이 뒤흔들렸으니까요. 30년 전쟁 동안 스웨덴인은 전 유럽에서 두려움의 대상이었습니다.

하지만 오늘날 400만 스웨덴 사람을 보고 있으면…… 생각해보세요, 고작 400만 명입니다. 도쿄도의 인구 절반에도 못 미쳐요. 나라 면적은 독일의 세 배나 되면서 말이에요.

그나저나 나는 대도시를 좋아하지 않아요. 도시는 그저 멀리까지 내다볼 수 있을 정도의 크기가 딱 좋다고 생각합니다.

*

(병실에서 고양이 두 마리 사진을 보며) 이 사진은 작가님의 고양이인가요?

네, 암수 한 쌍이죠. 거세했기 때문에 성을 구분하는 게 애매하지만요.

사이가 좋은가요?

네, 짝입니다. 늘 붙어서 장난도 치고 서로 핥아주면서 놀아요. 집에는 아름다운 일본 공예품들을 두었는데 전부 치웠습니다. 이제 그 자리는 고양이 차지가 됐어요. 고양이들은 편한 자리를 귀신같이 알아요. 앉을 자리 색깔까지 고른다니까요.

집이 시내에 있어서 바깥 지붕으로는 못 나가게 해요. 층이 높아서 행여나 떨어졌다가는…… 특히 로도(두 고양이 중 한 마리의 이름)가 좀 어설프거든요. 무슨 봉제 테디 베어 인형 같아요. 자다가도 의자에서 떨어지기 일쑤랍니다. 갑자기 소리가 나서 보면, 성이 나서는 두리번두리번하고 있다니까요. 암고양이 쪽이 좀더 민첩하긴 한데, 어쨌든……. 두 마리 다 실내에서 키우기에 비교적 적합한 품종이에요. 거의 나무를 타고 싶어하지 않거든요.

이번에 퇴원하면 마당에 꺼내놓을까 생각중인데, 잘될지 모르겠네요.

어릴 적에도 동물을 키우셨나요?

집에는 항상 동물이 있었어요. 개는 키우지 않았지만, 개 말고는 여러 동물을 길렀어요. 고양이가 없을 때는 최소…… 한때 예닐곱 종을 키우기도 했죠. 사랑앵무를 비롯해서 쥐, 영원, 거북, 도마뱀…… 그 외에도 더 있었던 것 같아요. 선반 위에 빈 공간이 없을 정도였죠……. 아, 맞다, 고산 참새도 한 마리 있었어요. 작은 새는 모두 제멋대로 날아다녔죠. 게다가 쥐도 집 안을 자유롭게 뛰어다녔어요. 어느 날엔가 내가 뱀을 들여왔더니 어머니

1942년, 작은 새를 머리에 얹고.

께서 더는 안 된다고 하시더군요.

"알겠지. 안 된다. 뱀을 집에서 키우는 건 안 돼" 하고요.

저는 늘 동물을 키우고 싶어했고, 대부분 애완동물 가게에서 샀어요.

동물을 기른 건 부모님이 아니라 작가님의 뜻이었군요?

맞아요. 제가 키우고 싶어했어요.

그리고 아주 커다란 통(사육 상자)을 만든 적도 있어요. 산도 있고 골짜기도 있는 통을 구상했습니다. 식료품점에서 나무상자를 몰래 가져와 앞쪽에는 안이 들여다보이도록 유리를 끼우고, 안쪽에는 배경으로 멋진 풍경을 그려넣었어요. 석고로 종유굴을 만들고 위에서 물을 부으면 흘러내린 물이 작은 웅덩이처럼 아래에 받쳐놓은 접시에 똑똑 떨어지게 했고요. 안에는 나무도 심고, 양말을 매달아 쥐가 잘 곳을 만들어주기도 했어요.

쥐도 키웠다고 했나요?

쥐는 아주 순했어요. 부르면 손 위로 올라왔죠. 쥐도 개나 고양이만큼 성격이 다양해요.

쥐 두 마리를 기른 적이 있는데요, 대책 없는 놈들이었죠. 사육 상자 안은 늘 엉망진창이었으니까요…….

엄마 쥐가 임신을 해서 새끼 여러 마리를 낳았어요. 이 엄마 쥐는 늘 깔끔하게 치우고 살았죠. 쓰레기는 앞발로 이렇게 이렇게 해서는 한쪽 구석으로 몰아두는 게 아니겠어요……. 새끼 쥐에게도 제대로 가르치더군요. 말을 듣지 않으면 벌도 주면서요. 개와 고양이처럼 정말로 성격이 제각각이었어요. 그러고 보니 모두 온혈동물이군요.

종종 동물들을 한꺼번에 사육 상자에 집어넣곤 했어요. 당연히, 도마뱀에게는(모두 몸집이 큰 종이었습니다만) 먼지 벌레의 유충을 먹이로 주었고요. 그러자 쥐가 와서 유충을 채가는 게 아니겠어요. 도마뱀이 어떻게 했을까요. 쥐가 눈앞에 돌아다닐 때는 빼앗기지 않으려고 거북 위에 올라탄 채로 유충을 바나나처럼 먹더군요. 정말 우스꽝스러운 광경이었습니다.

동물들은 서로 잘 지냈어요.

사육 상자의 한쪽 판에 나무가 부러지면서 옹이구멍이 생긴 적이 있어요. 하루는 저녁에 아틀리에에 앉아 있는데, 엄마 쥐를 선두로 새끼 쥐들이 모두 차례로 졸졸졸 거위가 행진하듯이 아틀리에로 들어오는 게 보였습니다. 쥐 가족은 아틀리에 안을 둘러보더니 한 바퀴 돌고는 다시 사육 상자로 방향을 틀더군요. 그러고는 옹이구멍으로 들어가서 잠자리에 들었어요.

쥐는 진정한 애완동물이에요. 길들여지면 손 위에서 먹이를 먹고, 이름을 부르면 오거든요.

형제가 있으면 좋겠다고 생각한 적은 없나요? 외동이라
도 괜찮았나요?

흥미가 비슷한 친구들이 있어서 괜찮았어요. 다 같이…… 다들
동물을 길렀어요. 서로 바꿔 키워보기도 했고요.

그때는 옆집이나 이웃과 잘 소통하던 때였군요.

게다가 여섯 살까지 살았던 파징에서는 심지어 옆집의 가족 구성
원인 양 지낸 적도 있어요. 옆집에는 아이가 넷이었는데 나는 그
집 다섯째처럼 행동했으니까요. 종일 그 집에서 살다시피 했죠.
　훗날 뮌헨 시내로 이사를 와서도 항상 놀러 오는 친구 몇 명이
있었는데, 그들 대부분은 역시 화가나 조각가의 자녀였습니다.
　그런 면에서 보면 내 어린 시절은 굉장히 훌륭했어요.
　별로였던 건 말할 것도 없이 정치적인 상황이지만요…… 이
른바 '퇴폐예술'이 금지되면서, 그때부터 아버지에게는 어떤 작
품활동도 허락되지 않았고 전람회 출품도 금지되었습니다. 그
일로 고충이 심했던 건 너무나 당연했어요.
　집에서 들은 말은 밖에 나가서 절대 하면 안 된다는 사실을

시기 불분명. 미하엘 엔데와 소꿉친구.

1942년, 어머니 루이제와 집에서.

그 어린 나이에 이미 알았습니다. 무심코 내뱉은 한마디가 '최후의 말'이 될지도 모르는 상황이었거든요.

학교에서도, 부모가 정치적으로 조금이라도 문제가 되는 말을 하면 밀고하라고 부추겼고 실제로 그렇게 하는 아이들이 있었어요. 좋은 독일인이 되고 싶어서였겠죠. 부모와 연을 끊는 자식도 적지 않았어요. 모든 아이가 집에서 행복한 것은 아니었으니까요……. 부모에게 앙갚음을 하려고 밀고한 거죠.

부모님은 작가님이 어렸을 때 뭔가를 비밀로 하는 일이 있었습니까?

아니요. 비밀로 하려고 해도 가능하지 않았을 거예요. 화가나 작가들이 아버지의 아틀리에로 줄기차게 찾아왔으니까요. 정치 상황에 대한 이야기가 오갔고, 나는 옆에서 자연스럽게 주워들었습니다…… 다하우(뮌헨 근교에 위치한 도시. 당시 유대인 강제수용소가 있었다)의 일도 엿들었어요. 거기서 있었던 끔찍한 일의 전말을 알았던 건 아니지만, 무서운 일이 벌어지고 있다거나 그곳에 끌려가면 두 번 다시 살아서 나오지 못한다는 것쯤은 알고 있었습니다.

사실 슈바빙 사람은 누구나 알고 있는 사실이었죠. 슈바빙의 예술가들은 대부분 나치 당원이 아니었어요. 독일 국민은 거의

가 나치에 동조했지만 슈바빙의 예술가들은 그러지 않았습니다. 그들의 생활 방식이 나치와는 맞지 않았거든요…….

소년 시절: 말 이야기

자주 떠올렸던 것인데, 당시에는 글로 표현할 수가 없었어요. 요즘에 흔히 이야기되는 것과는 좀 다르거든요. 오늘날은 나치라고 하면 모두 나쁜 사람이고, 나치가 아니면 착한 사람인 줄 알죠.

하지만 그게 아니었어요. 내가 살던 지구의 M 지부장은 외팔의 남성으로 항상 나치 돌격대 제복 차림을 하고 돌아다녔습니다. 우리 집 아래층에는 밀고자가 살고 있었어요. ×× 부인인데, 다들 이 부인을 조심해야 한다는 것쯤은 알고 있었습니다. 쉴 새 없이 사람들을 밀고했으니까요.

한번은 이런 일이 있었습니다. 민족 축일, 그러니까 명절에는 집집마다 창문에 나치의 하켄크로이츠 깃발을 늘어뜨렸는데 우리 집에는 깃발이 없었어요. 6층 건물 맨 꼭대기의 아틀리에가 우리가 살던 곳이었습니다.

지부장이 집으로 찾아와서 아버지에게,

"엔데 씨, 당신이 반대할 거라는 거 알지만, 부탁인데 나를 봐서라도 창문에 뭐라도 걸어두면 안 될까요. 안 그랬다가는 내가 문책을 당해요. 아마 당신도 무사하지 못할 거예요. 여기서는 그러지 맙시다"라고 부탁을 했습니다.

그래서 어머니가 재봉틀로 하켄크로이츠 깃발을 만들어 창에 늘어뜨렸어요. 지부장은 그런 사람이었습니다. 물론 M씨는 당국에 신고도 하지 않았고 조용히 넘어갔어요. 본래 심성이 착한 사람이었던 거죠. 반면에 시도 때도 없이 밀고했던 ×× 부인은 나치스 당원도 아니었어요.

요즘 사람들이 생각하는 것과는 좀 다르죠.

*

열 살부터 유겐트에 들어가고 그 전에는 핌프 소속이에요. 나치 소년단(융폴크Jungvolk)인 핌프가 되는 나이는 여섯 살입니다. 열 살에는 반드시 히틀러 유겐트에 입단하도록 되어 있었죠. 거기에는 몇 가지 경로가 있는데, 먼저 일반적인 히틀러 유겐트에 들어가는 방법이 있습니다. 나치 돌격대 같은 조직으로 선전 행진 같은 것을 하는 곳이었어요. 그 외에도 유겐트의 하부 조직이 많았습니다. 가령 모형 비행기를 제작하는 조직도 그중 하나였는데, 그곳에서는 다들 모형 비행기 제작법을 배웠어요. 오토바이 유켄트에서는 오토바이 조종법을 배우고요. 그 외에도 여러 가지가 있었어요.

열 살이 되었을 무렵, 뮌헨의 영국 정원의 여왕 승마 학교도 유겐트 복무로 인정된다는 걸 알았어요. 그래서 저는 그곳에서 승마를 배웠습니다. 고령의 나치 돌격대원이 담당자로 있었는데, 나중에 알게 된 사실이지만 그는 원래 서커스단에서 기수를 했었다고 합니다. 일흔이나 되는 나이에 어떤 연유로 그곳에 있었던 걸까요⋯⋯. 그가 나치 돌격대 제복 같은 걸 입은 모습은 한 번도 본 적이 없어요. 노상 낡은 스웨터 차림에 불이 꺼진 짧은 여송연을 입에 물고 있었어요.

나는 학급 친구와 함께 그곳에 찾아가 승마를 배우고 싶다고 했어요.

승마 학교에는 말이 많이 있었지요. 서른 마리는 족히 되는 듯했어요. 말들은 대체로 약간씩 신경과민이 있어 보였습니다. 실제로 거기에 있던 말들은 전쟁에서 쓸 수 없는 것이었어요. 다시 말해 동부전선에 투입할 수 없는 말들이었던 거죠. 사격 소리에도 거칠어지고 신경질적인 반응을 보이기 때문에 전쟁터에서 쓸모가 없었던 거예요. 그곳에는 그런 말들이 모여 있었고

1943~1944년.
학동 소개(패전 직전에 전쟁으로부터 대도시의 아동들을 보호하기 위해
농촌이나 산촌으로 피난을 보냄) 중에. 오른쪽이 엔데.

연극학교 시절(1950년경).

우리는 그런 말로 승마를 배운 겁니다. (웃음)

우리는, 여느 열 살짜리 남자아이들과 마찬가지로 반바지 차림으로 노인 앞에 줄지어 섰습니다. 옆으로는 제복을 입지 않은 정체를 알 수 없는 두세 명이 더 있었어요.

"이곳에 들어와서 승마를 배우고 싶습니다."

말을 꺼내자, 노인은 우리 쪽을 힐끗 보더니 낮은 소리로 명령했습니다.

"그렇다면 먼저 마방으로 가서 청소부터 하도록."

말을 그렇게 가까이서 본 적은 난생처음이라 뭘 어떻게 해야 좋을지 모르겠더군요. 무서워서 덜덜 떨면서 마방으로 들어갔는데, 열 살짜리 아이 눈에는 말이 코끼리처럼 크게 보였답니다.

우선 옆 마방으로 고개를 디밀고 어떻게 하면 되는지 물어봤어요.

거기 있던 남자가 솔질하는 법과 솔을 닦는 법을 가르쳐주었습니다. 가르쳐준 대로 반질반질 윤이 날 때까지 솔질을 했어요.

반시간 정도 지나자, '오늘은 이걸로 끝인가' 싶더라고요. 처음 반년 동안은 당연히 여러 이론 수업이 있을 거라 생각했거든요.

뜻밖에도 노인은,

"말에 안장을 얹어라."

하고 말하는 게 아니겠어요. 역시나 그때까지 말에 안장을 얹어본 적은 한 번도 없었습니다.

우리는 그길로 줄을 지어서 말을 승마장으로 데리고 나왔고 말에 올라타야 했어요. 노인은 반시간 동안 구보로 승마장을 빙글빙글 돌라고 시켰습니다.

승마를 해본 경험이 있는지 모르겠는데…….

아니요, 없습니다.

승마를 해본 사람이라면 알겠지만, 달리는 말에 반시간이나 올라타 있는 건 말 그대로 배 속의 장이란 장은 모조리 찢어질 듯한 고통입니다. 온몸이 두들겨 맞은 것처럼 아팠어요. 배는 당기고 엉덩이는 얼얼해졌고요. 게다가 승마바지 차림이 아니라서 여기저기 까지고 상처 나고 피가 고였습니다. 한술 더 떠 노인은 갑자기 "갤럽"〔말의 빠른 걸음〕이라고 소리쳤어요.

기다란 채찍을 휘두르자, 말들은 제멋대로 날뛰기 시작했어요. 나는 커다란 활 모양으로 말의 머리 위를 날아 그대로 땅에 고꾸라졌습니다. 당연히 구호 담당자가 달려와서 들것으로 옮기면서 적어도 아프지 않은지 걱정해줄 거라 생각했는데, 승마장 구석에 서 있던 선배가,

"가서 잘못했다고 해!"

하는 게 아니겠어요.

"뭐라고요?"

나는 한 번 더 엉덩방아를 찧었어요.

"달려가서, 빌라고!"

그길로 승마교사에게 뛰어가 "죄송합니다"라고 말했습니다.

노인은 "좋다. 다시 타도록" 하고 명령했고, 나는 다시 말을 타야 했습니다.

알고 있을지 모르겠지만, 이번에 갈 일이 있으면 영국 정원을 둘러보세요. 수목이 굉장히 무성해요. 아이스바흐강 위로 가지가 늘어질 정도로 울창하답니다. 그날 저녁 우리는 바지를 내리고는 나뭇가지에 매달려 물에다 엉덩이를 식혔습니다.

그렇게 2년을 보냈어요. 인디언처럼 안장 없이 말을 타는 법도 배웠고요. 열두 살 소년에게 결코 호락호락한 일은 아니었어요. 짧은 다리로, 호리호리하지 않은 나무통 같은 말에 올라타서 다리로만 말을 모는 법을 배워야 했거든요. 고삐 없이 연습할 때도 있었어요. 선생님이 곡마 기수였으니까요.

    ……

그 일로 꽤 재미있는 사실을 알게 됐습니다.

2주마다 두 명씩 숙직 당번이 돌아오는데, 만약 공습경보가 울리면 말을 밖으로 데리고 나가야 했습니다. 소이탄 같은 것이 떨어지는 날에는 말들이 공황상태에 빠져 통제할 수 없게 되니까 공습경보가 시작되면 재빨리 말을 바깥의 공터로 끌고 나갔어요. 어린 나이라 해도 두 명이서 충분히 할 수 있는 일이었죠. 처음에는 좀처럼 말을 안 들어 애를 먹었지만요.

우리는 마방의 말 곁에서 잤습니다. 담요를 뒤집어쓰고 여물통 아래에 누우면 말은 부드러운 콧등을 갖다 대며 우리를 쓰다듬었는데, 다행히 걷어차이는 일은 없었어요. 말은 사람에게 발길질하지 않거든요. 만약에 발로 찼다면 정말로 뭔가 잘못된 겁니다. 행렬을 지어 말을 끌고 갈 때, 누군가 말에서 떨어지기라도 하면…… 말은 사람을 밟지 않으려 안간힘을 쓰죠. 그렇지만 구보를 하면서는 밟힌 적이 있긴 해요. 시퍼렇게 멍이 들기도 했어요.

얼마 지나지 않아 알게 된 사실이 있어요. 말은 공습경보가 울리기 전에 항상 우리를 깨웠다는 거예요. 처음에는 왜 그런지 모르다가, 말이 울기 시작하고 널판을 발로 차면서 요란한 소리를 내는데, 그러고 나면 어김없이 공습경보가 울렸죠. 경보가 울리기 15분에서 20분 전에 우리를 깨운다는 걸 알아차린 다음부터는 말을 끌어내리려고 급하게 움직이지 않아도 됐어요.

나는 말이 어떻게 경보가 울릴 걸 미리 알았는지 지금도 궁금합니다. 15분에서 20분 전이라고 하면 비행기는 아직 꽤나 멀리 있을 텐데, 비행기 엔진 음이 들릴 리 없거든요.

위험이 다가오고 있다는 것을 어떻게 알았던 걸까요?

신기하네요.

동물들에게는 예지 능력이 있습니다. 지진이 일어날 때도 그렇죠. 이탈리아에서 지낼 때 그런 경험을 했습니다. 지진이 발생하기 30분쯤 전에, 갑자기 잔디밭에 쥐들이 득시글거렸어요. 땅속에서 모두 기어 나왔더라고요. 게다가 새들도 뭔가 이상했습니다. 특히 닭은 평소와 크게 달랐어요. 그러니까 동물들의 이상 행동으로 지진이 일어날 걸 30분 미리 알 수 있었다는 거죠.

예보 센터 같군요.

도쿄처럼 큰 도시라면 30분 안에 주민들을 모두 대피시킬 수는 없겠지만, 그보다 더 빨리 알기란 불가능해요. 지금 이야기는 교외에 살 때의 일이라서 곧바로 집 밖으로 뛰쳐나가 나무에 매달리면 됐으니까요. 운 좋게 대지진은 아니었어요.

벽에 금이 가고 전등이 흔들리는 정도였습니다. 일본처럼 대지진은⋯⋯ 아, 그러고 보니 이탈리아에서도 있었네요. 바로 얼마 전 니폴리에서 대지진이 있었군요.

그런데 말들은 공습경보가 울릴 거라는 걸 어떻게 알았을까요?

어느덧 나도 이 나이가 되고 보니, 우리 세대에서 아직까지 살아남은 몇 안 되는 생존자가 되었더라고요. 생존자들 중에는 종전 당시 열일곱 살에서 스무 살 무렵이던 사람은 아주 적을 겁니다. 그 연령대 사람 전체가 사라졌으니까요.

전쟁이 끝나고 연극학교에 입학했는데, 같은 반 친구들은 열여덟, 열아홉 살이었고 바로 위 상급반 선배들은 스물다섯 살이었어요.

모두 죽은 것이군요.

네, 모두 죽었습니다. 그 또래 전체가 전장에 투입되어 죽고 말았습니다.

전쟁이 끝났다는 소식을 들었을 때 어떤 기분이었나요?

그게, 뭐라고 표현하기가 좀 어려운데요. 전쟁이 시작되었다는 걸 하루아침에 알게 되는 게 아니거든요. 그보다는 차차 젖어드는 거죠. 그래서 사람들은 부조리한 상황에도 길들여져버리는 겁니다.

서서히 익숙해지면 뭐든 그러려니 하게 돼요. 이 점이 이상하다는 거예요. 바로 내일 해야 할 일을 오늘 통보받으면 다들 짜증을 내지만, 1, 2년에 걸쳐 진행되면 익숙해져버려요. 누구나

154

그래요.

종전도 갑자기 하늘에서 뚝 떨어진 게 아니죠. 천천히 진행됐습니다. 점점 혼란이 가중되고, 기능이 마비되고, 철도 운행이 정지되고, 우편물이 오지 않게 되는…… 그런 것이요.

그렇게 차차 깨닫게 됐죠…… 물론 소식을 접하기도 했습니다. 미군이 이미 아우구스부르크(뮌헨 북쪽 지방)까지 왔다고.

뮌헨에서 미군 탱크를 처음 보고는 이제 안심해도 되는구나, 이제 고통의 시대는 끝났구나 생각했습니다. 공습이 있을까 불안에 떨지 않아도 되고, 나치에 겁먹지 않아도 되는구나. 발 뻗고 편히 잘 수 있겠구나…… 하고요.

하지만 지금까지도 불안감은 남아 있어요. 무슨 까닭에서인지 아직도 정말로 모두 괜찮아졌다는 기분이 들지 않아요. 어딘지 모르게 꺼림칙한 구석이 있습니다.

가령 아데나워 수상 시절에 돌연 뉘른베르크 법(인종차별법)을 제정했던 무리들이 요직에 앉은 게 발단이었죠.

민족재판소(나치 정권하의 특별 법정. 나치 반대자들을 재판했다)에 있던 나치 재판관들도 어느 날 원래 자리로 돌아갔고요. 그래서 모두 끝났다고 안심할 수 없다는 거예요.

소년 시절: 서커스 광대와 피에로 사건 등

작가님이 쓰신 이야기에는 '서커스 광대'나 도시의 흥행사가 자주 등장하는데요, 이렇게 서커스 광대와 곡예사들을 좋아하는 데는 무슨 이유가 있나요?

네, 어린 시절에 잊지 못할 경험을 했어요. 여기(뮌헨) 파진크 지구에 살 때의 일입니다.

사실 나는 옆집 부흐너 아저씨 집에서 컸다고 해도 과언이 아니에요. 부흐너 아저씨는 자식이 넷이나 있었는데 나는 늘 그 집에 가서 놀았거든요.

어느 가을, 소규모 서커스단이 마을에 왔습니다. 이 서커스단은 텐트도 없을 정도로 궁해서, 그냥 맨 바닥에 무대를 만들고 기둥을 두 개 세운 것이 고작이었어요. 그 유명한 스위스의……

카타리나 크니의 후손이었지만 여하튼 작고 가난한 서커스단이었습니다.

서커스를 운영하고 있는 가족 외에 두세 명의 광대가 더 있었어요. 마침 부흐너 아저씨 집 옆에 무대가 꾸려져서 당연히 우리는 매일 그곳에 갔고, 서커스단 아이들과 친해졌습니다.

지금도 기억나는데, 벱피 단장은 줄타기 곡예사였습니다. 그는 균형봉을 들고 줄타기를 했는데, 봉의 양 끝에 달린 바구니에는 아이가 한 명씩 타고 있었어요.

게다가 벱피 단장의 발목에는 날을 안쪽으로 세운 낫을 묶어두었습니다. 그렇기 때문에 한 걸음 한 걸음 나아갈 때마다 낫을 피해서 걸어야 했어요. 밧줄의 높이도 5~6미터는 돼 보였습니다.

노모는 매표소에 앉아 얼마 되지 않는 입장료 받는 일을 했는데 줄타기 공연을 할 때면 항상 볼멘소리를 했어요. 공연이 위험해서가 아니라 늘 양말의 발목 부분이 갈기갈기 찢어졌거든요.

하하하.

매일 밤 양말을 기워야 했으니까요. 그래서 싫어했던 거예요.

가을이 깊어갈 즈음, 부흐너 부인이 이제 어디로 갈 건지 곡예사들에게 물었어요.

"아직 모릅니다. 겨울을 보낼 만한 곳을 찾지 못했어요."

그러자 부흐너 부인이 제안했어요. "그럼, 우리 집에서 지내는 건 어때요? 여기서 겨울을 나도 괜찮아요. 지하실을 쓰면 돼요."

서커스단은 그러기로 했어요.

그렇게 나는 겨울 한 철을 서커스단과 함께 지냈습니다…….
데리고 온 말들은 헛간에서 생활했고 곡예사들은 이런저런 서커스 공연을 가르쳐주었어요.

예를 들면 정말 단순하고 간단한 광대 쇼를 하나 가르쳐주었는데, 부흐너 집안의 아들 한 명과 내가 배우게 됐습니다.

공연 제목을 「꿀벌아, 꿀을 보내주렴」이라고 지었어요.

어떤 이야기였는지 정확하게 기억나진 않지만, 아마도 이런 식이었던 것 같아요…… 우선 한 사람이, 그러니까 첫째 아우구스토(피에로)가 앉습니다. ……그리고…… 아니 그게 아니라, 늘 세 명이서 하는 건데. 아우구스토가 두 명, 크라운이 한 명. 여기서 크라운은 끝이 뾰족한 모자를 쓴 익살꾼이에요.

독일어로는 '크라운'이라 발음하는데, 서커스 곡예사들은 '크라운'이라 하지 않고 '크론'이라고 했어요.

이유는 잘 모르겠어요. '크라운'이라고 하는 게 영어로 올바른 표현이겠지만, 곡예사들 사이에서는 '크론' '오주스토'라고 하더군요. 제1오주스토, 제2오주스토. 그러니까 통이 넓은 바지를 입고 우스꽝스러운 머리에 코가 커다란 두 명이 오주스토입니다.

연극학교 시절(1950년경).
엔데는 오른쪽에서 두 번째.

1970년경.

하얗게 화장한 얼굴에 눈물을 그린 것은 크론으로, 늘 영리한 역할을 하죠. 크론은 우스꽝스러운 캐릭터가 아니에요. 기타를 친다든지 하는 것도 바로 이 크론입니다.

레퍼토리는 이렇습니다.

크라운이 앉아 있고, 아우구스토가 다가옵니다. 그러면 크라운은 아우구스토에게 이렇게 말해요.

"놀이를 할 거야. 내가 꽃이고 너는 꿀벌이야. 알겠지?"

아우구스토는 크라운의 주위를 왔다 갔다 하며 이렇게 말합니다.

"나는 꿀벌, 나에게 꿀을 주지 않을래?"

그사이 크라운은 입에 물고 있던 물을 아우구스토에게 확 뿜어요. 아우구스토는 큰 소리로 울기 시작합니다.

"울지 마" 하고 크라운이 말하는 중간에 아우구스토 한 명이 더 등장해서(이 아우구스토가 영리한 역할이에요) 물에 젖은 다른 아우구스토에게 말합니다.

"이번에는 네가 의자에 앉아서 똑같이 녀석에게 해버려."

젖은 아우구스토는 신이 납니다. 그래서 이번에는 크라운이 아우구스토 주변을 왔다 갔다 하면서 "나는 꿀벌, 나에게 꿀을 주지 않을래?" 하고 말해요. 그 순간 이번에도 크라운이 아우구스토에게 물을 뿜어버립니다. 아우구스토가 또 당해요. 이런 식으로 유치한 공연이었는데, 아이들은 배꼽을 잡았어요.

시칠리아섬의 팔레르모로 여행을 갔을 때 거기서 작은 이탈리아 서커스단이 이것과 완전히 똑같은 공연을 하고 있는 걸 봤습니다.

우와, 놀랍네요!

그러니까, 못해도 1000년은 이어져온 공연임이 틀림없어요. 엄청나게 오래된 어릿광대 공연인 거죠. 팔레르모의 피에로들도 내가 어렸을 적 서커스 곡예사들에게 배운 것과 똑같이 공연했습니다. 서커스 곡예사는 피에로의 화장술도 상세히 알려줬어요.

이들은 나에게 있어 소위 원형과도 같은 존재입니다.

…….

줄타기 곡예사는 실제로 무엇을 할까요? 사실 그가 보여주는 건 그저 '재주'일 뿐입니다. 아무 데도 쓸모가 없는 거죠. 다른 목적도 없이 그냥 그 자체가 목적인 겁니다. 그렇다고 많은 돈을 버는 것도 아니고요. 실제로 그래요. 그냥 입에 풀칠할 정도예요.

한 번이라도 서커스에 몸담아본 적이 있는 사람은 거기서 헤어날 수 없어요. 뭐랄까 집시 같은 거죠. 아무 효용도 없지만 화려하고 찬란한 것이 지닌 어떤 독특한 포에지가 있어요.

나에게 서커스 곡예사들은 프랑스어를 쓰는 '아티스트'입니다. 내 눈에는 그들이 진정한 예술가니까요.

예술가는 무엇을 위해 존재할까요? 그들은 이 세상에 아무짝에도 소용이 없는 일을 하는 사람들이 존재하기 위해서 있는 겁니다. 뭔가 유익을 얻으려고 하는 일이 아니라, 말하자면 무상으로 하는 걸 의미해요. 만약 인류가 이것을 잃어버린다면, 가장 중요한 핵심을 놓치는 것이나 마찬가지죠.

　　예술이란 항상 '무익'한 것이군요.

언제나, 무익한 것이죠.

물론 이는 1960년대에 어떻게든 예술에 '기능'을 부여하려 했던 선생들과 몇 해에 걸쳐 씨름한 끝에 얻어진 것이지만요.

　　작가님은 피에로 공연 대본을 쓰신 적이 있죠. 『엔데의 메모상자』에 실려 있던데요.

네, 당시 두 배우에게 부탁을 받았어요. 희극 배우였지만 연극에 환멸을 느끼고 피에로가 되기로 마음먹은 사람들이었습니다. 공연 대본을 써달라고 하더군요. 서커스 공연용이면 좋겠다고 했어요. 세련되지도 그렇다고 고답적이지도 않게 정말로 서커스 공연에 맞는 걸로요.

그렇게 쓰게 된 게 이 대본입니다.

이걸 가지고 둘이 연기를 했고, 평판도 꽤 좋았습니다.

몇 살 때인가요?

아마 스물여덟이었을 거예요.

『짐 크노프』를 쓰기 전이었네요?

아니요, 그때 『짐 크노프』는 이미 다 써둔 상태였어요.

『짐 크노프』는 스물다섯에서 스물여덟 살까지 썼으니까요. 그 후로 2년 동안 출판사에 원고를 계속 보냈지만, 아무도 책을 내주려 하지 않더군요. 여하튼 출판된 건 1960년이었습니다. 그때 제 나이는 서른이었고요.

*

그뿐 아니라 곡예사는 파가드이기도 해요. 타로 카드에 나오는 곡예사인지 마술사인지, 뭐, 그게 중요한 건 아니죠.

마술사란 어떤 존재일까요? 창조적인 인간입니다. 그러니까

창조적 인간이라면 누구든 마술사인 거죠. 무에서 새로운 것을 만들어내니까요. 그리고 곡예사는 '재주를 부리는 사람(케넨데)' 이고요. 곡예사는 '재주(캐넨)'의 표상이라 할 수 있죠. 두말할 것 없이 이 둘은 표리일체입니다.

그리고 놀이 말인데요, 나는 일평생 놀이에 관해서 사색했어요. 왜냐하면…… 아직 생각이 다 정리된 것은 아니지만…… 놀이는 창조적인 것에 잠재한, 본래의 자유…… 그리고 놀이가 지닌 '연결성'에 사로잡혔거든요. 놀이는 혼자서는 불가능하니까요. 혼자서는 즐겁지 않거든요. 놀이는 함께 해야 하는 거예요. 그러니까 다른 이들과 함께 해야 하는 겁니다. 관련된 사람이 모두 놀이를 하겠다고 마음먹어야지 할 수 있는 것이죠. 억지로 놀게 할 수는 없으니까요.

모두가 해야겠다고 결심한 그 자유의지에서 문득 뭔가가 생겨납니다.

또 놀이를 하려면 규칙이 필요한데, 이때 규칙도 모두 자발적으로 받아들여집니다. 누가 강제한 게 아니라 규칙이 있어야만 놀이가 성립된다고 스스로 인정하는 거죠.

그렇게 모두 놀이의 규칙을 받아들이고 나면 거기에 아주 신비한 어떤 것이 있다는 느낌이 들 수밖에 없어요. 뭔가 굉장히…… 거대한 것이 있는 기분입니다.

규칙이 어떤 식으로 드러나는지는 아무래도 좋아요. 중요한 건 이면에 있는 의식이거든요. 모두 함께 규칙을 생각해내려는 의식이요. 그로 인해 우리 사이에는 서로 간의 연결(커뮤니케이션)이 생깁니다. 함께 뭔가를 체험하고 경험하게 만들어주는 규칙 말이에요. 이 규칙이 아니면 불가능해요. 그리고 거기에는 자유의지라는 특수한 성질이 있습니다. 창조성도요.

왜냐하면 진정한 놀이에는 그저 단순히 규칙을 따르는 것 이상의 뭔가가 있으니까요. 그래서 훌륭한 놀이라고 하면 오히려 규칙이 변합니다. 이러한 규칙의 변화는 놀이를 지속하기 위한 것일 수도 있고, 또 놀이가 막바지에 다다랐을 때 다시 처음부터 시작할 수 있게끔 해주기도 하죠.

이 지점에 인간의 우수성이 있습니다. 인간은 놀이를 통해 하나의 세계를 만들어내고 그 세계에서 살아가니까요.

단, 거기에 빠져 정신을 놓고 있다가 그저 놀이일 뿐이라는 사실을 망각하기도 해요. 삶의 현실이…… 인간(세계)의 바깥에도 현실은 있죠. 하지만 인간이 함께하는 것, 그러니까 프랑크푸르트나 도쿄의 주식시장 혹은 심지어 전쟁마저도 '놀이'가 되는 겁니다. 아주 비참한 놀이지만요…….

놀이란 '약속'입니다.

언어도 혼자만을 위한 것은 언어가 아니듯이요.

놀이의 규칙과 같네요…….

내가 말을 했을 때, 상대가 그 말을 이해한다는 걸 전제로 하죠.
즉, 우리는 뭔가 공통의 것을 가지고 있다는 얘기입니다.

그러고 보니 언어에는 뭔가 신비한 구석이 있군요.

생각하면 할수록 그래요.

이탈리아에서의 경험과
팔레르모의 이야기꾼

(로마 근교) 젠차노에 있는 댁의 정원이 제법 크다고 들었습니다.

7000제곱미터 정도 돼요. 수맥을 찾는 남자가 정원에서 수맥을 찾아내는 걸 봤죠.

여름에는 늘 땅이 바싹 말라서 문제였거든요. 물이 부족해 연못에서 물을 끌어오는 것도 한계가 있더군요. 품이 많이 들어갔어요. 물론 돈도 들어가고요. 정원사가 수맥을 찾는 사람을 알고 있다고 하기에 시험 삼아 한번 해본 겁니다.

그이는 농부였어요. 입에 담배를 문 채 두 갈래로 갈라진 올리브나무 가지를 꺾어서 손에 들고 뜰로 내려왔어요. 굉장히 특이했죠.

농부를 자세히 보려고 뒤따라갔습니다. 나뭇가지를 이렇게 들고 있었는데, 그이의 어깨 쪽이 갑자기 움찔거리기 시작했어요. 견갑골 사이가 이상하게 실룩실룩하더군요. 그러더니 이번에는 나뭇가지가 돌아가는 게 아니겠어요. 그 순간 농부는 얼굴에 물벼락이라도 맞은 것처럼 소리를 질렀어요.

"여기 30미터 아래에 물이 있어요"라고 하더군요.

농부가 정원 여기저기에 말뚝을 막았는데, 말뚝을 보니 정원 전체를 가로질러 수맥이 흐르는 걸 알 수 있었지요. 농부는 그것들을 (말뚝끼리) 연결하고는 이렇게 말했어요.

"땅을 팔 생각이라면, 이 자리를 파세요. 30에서 32미터 정도 파면 물이 나올 거예요."

그러고는 지면과 수맥 사이에 있는 암층도 전부 알려줬습니다. 바로 아래 응회암이 있고 그다음에 모래층, 그 아래에 화산암…… 이런 식으로요.

나중에 우물 파는 보링 회사를 불렀는데 우리를 천지분간도 못하는 아이 취급하면서 불쌍하게 쳐다보더군요. "그런 거 다 헛소립니다. 아쿠아 개런티(물을 찾아내는 보증)로 하시는 건 어때요?" 하고 물어왔어요. 물을 찾아낼 때까지 계속 판다는 말이었죠.

기사는 그 근방은 200미터 정도를 파야 물이 나올 것 같다며, 비용을 무려 4000마르크나 불렀어요.

나는 그럴 생각이 없다고 했죠.

"여기를 30미터 파주세요. 5미터 정도 더 파는 건 괜찮아요. 만약에 35미터를 팠는데도 물이 나오지 않으면 그만하시고요."

인부들은 이해할 수 없다는 표정이었지만, 이내 작업을 시작했습니다.

놀랍게도 정말 32미터에서 물이 나왔어요.

인부들은 뭐라고 하던가요?

아무 말도 못 하던데요.

하하.

보통 그럴 때 인부들이 하는 말이 있죠…….

우연이라고…….

네, 맞아요. 우연이라고 했어요.

하지만 그건 물을 찾아내는 가장 오래된 방법이었습니다. 농민들은 1000년 전부터 이 방법으로 물을 발견해왔으니까요. 거기 농민들은 우리 집에서 수맥을 찾아준 그 사람을 다들 알고

망폴 골짜기의 집.

있었어요. 그이가 알려준 대로 했더니 근방에서 우물을 200개나 팔 수 있었대요.

나는 농부에게서 배웠습니다.

농가 사람들과 사귀었나요?

물론 그랬죠. 이웃이 모두 포도나 올리브를 재배하는 농가였으니까요. 주변 토지는 농가 소유였고, 밭 하나의 길이가 보통 10킬로미터 정도 됐던 것 같아요.

저택은 어떻게 장만하게 됐나요?

나중에 생각해보니 약간 모험이었더라고요.

이탈리아로 옮겨갔을 때 바로 집을 사셨나요?

그랬죠. 원래 (뮌헨 근교) 망폴 골짜기에 집이 한 채 있었는데, 지어진 지 600년이나 된 것이라 개조하려던 참이었습니다. 지금도 그 자리에 있으니 기회가 되면 한번 보러 갑시다.

일개 작가인 제가 호기롭게도 어마어마한 대저택을 조금씩 조금씩 개조할 수 있다고 여긴 거죠. 역시나 큰 착각이었습니다.

그러면서 배워가는 거니까요.

그렇게, 가진 돈을 전부 그 집에 쏟아부었습니다. 지붕 하나 새로 이는 데도 500마르크나 들어갔어요. 1415년에 지어진 저택이니 오죽했겠습니까.

지하에는 감옥도 그대로 남아 있었어요. 문도 제대로 달려 있었고요……. 지난 세기에는 그곳에서 누군가가 처형당했다는 얘기도 있었어요.

우선 난방 설비부터 갖췄습니다. 중앙난방을 설치할 생각은 없었어요……. 왜냐하면 저택의 일부는 어머니를 위한 공간이었고, 또 일부는 아내(잉게보르크 호프만)와 내 주거 공간으로 썼으며, 숙부도 함께 지내고 싶어하셨거든요. 모두 각자 독립된 공간에서 생활했어요.

그래서 가스 난방을 들였어요……. 그런데 바이에른의 겨울은 춥고 길었어요. 얼음장처럼 차가웠어요. 초겨울 찬바람도 매섭게 불었습니다.

그 탓에 난방비로 한 달에 무려 4000마르크나 지출해야만 했어요. 말했듯이 이 집은 삼층으로, 한 층이 그러니까…… 주방만 해도 80제곱미터나 되었거든요. 원래 식당 겸 여관이던 건물이었어요.

그러다보니 도저히 감당이 안 되더군요. 게다가 집을 개조하느라 몸은 거의 녹초가 되었고요. 어느 날 작가인 루이제 린저

이탈리아 젠차노.

가 찾아왔어요. 아내의 지인인 린저는 당시 로마 근교에서 살고 있었어요.

"당신들도 참 바보네요. 나처럼 로마에서 살면 되잖아요. 나는 난방비가 1년에 고작 400마르크밖에 안 나온다고요."라고 하더 군요.

하하하.

그 말이 계속 귓가에 맴돌았어요. 2~3주 있다가 아내에게 말을 꺼냈죠.

"로마로 가서 사는 건 어때?" 하고요.

로마는 전에 두세 번 아내와 가본 적이 있고 도시도 상당히 마음에 들었거든요.

그래서 음, 먼저 주변에 뭐가 있는지 좀 보기로 했어요. 이 집을 팔면 로마에서 좀더 작은 집을 살 수 있을지도 몰랐으니까요.

우선 로마에 가서 일대를 전부 둘러봤는데 집들이 너무 크거 나 아니면 너무 작고 또 지나치게 눈에 띄더라고요.

다시는 쓸데없이 지나치게 오래된 건물은 사지 않으리라 마 음먹은 터라, 어쨌든 생활은 할 수 있는 상태라야 한다고 생각 했죠. 그렇게 아내와 로마 근교를 샅샅이 뒤지고 다녔습니다.

그러던 어느 날, 구스타프 르네 호케를 방문했어요. 내가 그의 작품을 얼마나 인상 깊게 봤는지 감상을 전하며 첫인사를 나누었어요.

대화를 주고받다가, 호케가 우리의 이주 계획을 듣고서 근처에 팔려고 내놓은 집이 있다는 얘길 했어요.

"저쪽 모퉁이를 돌아서 골목으로 내려가면 매물로 나온 집이 있어요. 마음에 들지 모르겠는데, 한번 둘러보시는 건 어때요?"

골목을 따라 내려가서 정원 문 앞에 다다르자 이거다! 하는 느낌이 왔어요.

집은 조용하고 후미진 곳에 있더군요……. 집 안도 둘러봤는데 전혀 문제가 없었어요. 일곱 개의 방은 모두 그렇게 작지 않았고 예뻤어요. 정원도 꽤 컸고요. 부지는 4000제곱미터였는데 나중에 3000제곱미터를 더 매입했습니다. 예쁘고 아늑한 방에, 널찍한 응접실은 멋스러웠고 구석에는 난로도 있었어요. 난로 자리는 바닥이 조금 낮았습니다…….

어디를 봐도 아름답고 훌륭했습니다.

그 집은 유산 상속인 여럿이 공동으로 소유하고 있었는데 다들 서로 못 잡아먹어서 안달인 사이였어요. 그 덕에 매매가도 그렇게 높지 않았죠.

우리는 단박에 그 집을 계약했습니다.

이제 돈을 마련하느라 뮌헨의 집은 처분해야 했습니다. 그런데 상황이 좀 꼬여버렸어요. 집은 팔렸는데 장장 12년 동안이나 소송에 휘말리게 되었거든요…….

그렇게 해서 저는 15년 동안 구스타프 르네 호케의 이웃으로 살게 됩니다. 주변은 대부분이 농가였고 군데군데 지식인들이 살고 있었어요. 구스타프 르네 호케와 나, 그 외에도 각본가가 한 명 더 있었고 조금 떨어진 곳에서는 영화배우 앤서니 퀸이 살고 있었어요.

우리 집은 전망이 좋고 일대가 한눈에 들어와서 해질녘이면 그야말로 장관이었습니다. 해발 500미터 정도 됐거든요.

젠차노는 로마 시대에 호라츠〔호라티우스. 고대 로마의 시인〕 같은 사람들이 와서 살았던 곳으로 유명하죠. 여름에 로마는 정말로 답답하거든요.

그렇군요.

도시 전체가 무슨 오븐 같다니까요. 여름에는 하루도 선선한 날이 없어요. 돌은 햇볕에 달궈져서 뜨겁고…… 정말로 오븐이 따로 없습니다. 그래서 예부터 돈이 많은 로마 사람들은 더위를 피해서 알바노나 그 근방으로 가곤 했죠. 모두 역사의 무대가 되었던 곳입니다.

하지만 작가님은 난방비 때문에 이탈리아로 이사하신 게

화가 비네테 슈뢰더와 함께.

아닌가요?

아니요, 난방비가 하나의 계기가 된 건 맞지만, 꼭 그 때문만은 아니었어요. 나는 이미 전부터 이탈리아에 매료되었거든요.

전에도 이탈리아를 여행하신 적이 있나요?

네.

몇 번이나요?

여러 차례 이탈리아 여행을 했죠. 첫 여행은 스물한 살 때였어요. 지금도 또렷이 기억납니다만, 당시 방송국 일을 해주고 처음으로 돈을 받았어요. 이야기를 써주고 받은 보수였죠. 그걸로 엘바섬으로 여행을 떠났습니다. 그것이 첫 이탈리아 여행이었어요.

그때부터 여러 번 이탈리아를 여행할 기회가 더 있었어요. 바이에른 방송국에서 남이탈리아로 두 팀이 파견된 적도 있죠. 카메라맨과 대본 작가로 구성된 팀이 다양한 소재로 단편 영화를 몇 편 만드는 일이었어요.

시칠리아섬의 팔레르모에서 나는 처음으로 길에 앉아 있는 이야기꾼을 봤습니다. 칸타스토리에라 불리는 사람들이었어요.

그들은 한낮에 옛 궁전 앞 광장의 야자나무 그늘에 앉아 있었어요.

칸타스토리에는 이른바 두 개의 유파가 있습니다. 그중 하나는 전통적 칸타스토리에로 나무 단상에 앉아서 손에는 목제 검을 들고 호메로스처럼 본격적으로 운율에 맞춰 이야기를 읊어요. 물론 시칠리아어, 그러니까 시칠리아 방언으로요.

올란드의 끝이 없는 이야기의 경우는 『광란의 오를란도』(루도비코 아리오스토의 기사도 서사시) 전편을 읊습니다. 진정한 의미의 민담이었어요. 아이들마저 독일처럼 카우보이의 서부극이 아니라, 올란도나 리날도 역할을 하며 골목에서 기사 놀이를 할 정도였으니까요.

*

이 이야기꾼이 광장에 자리를 잡고 앉으면, 주변으로 청중이 에워싸고 앉습니다. 이야기가 한창 열기를 띨 무렵 이야기꾼은 갑자기 입을 다뭅니다. 그때 청중은 동전을 땅에 던지죠. 대개 이야기꾼을 따라다니는 아이가 돈을 주워 모읍니다.

그렇군요.

충분히 돈이 던져졌다 싶으면 이야기꾼은 다시 이야기를 시작합니다.

다른 이야기꾼들도 있었는데 벤치에 앉아 마치 영화감독이 쓰는 우산 같은 초록색 양산을 쓰고 있었어요.

말할 필요도 없이 늘 남자들만 모여들었어요. 간혹 어린 소년들도 눈에 띄었는데 여자들은 집에 있어야만 했습니다.

남자들에게 빽빽이 둘러싸인 그곳에서 이야기꾼은 이야기를 시작했습니다. 그저 읊는 것이 아니라 이야기를 했던 거예요. 그것도 아주 드라마틱하게요.

독일어로는 『두려움을 모르는 한즈』로 알려진 『두려움을 모르는 조반니』 이야기였습니다. 황당무계하고 로맨틱한 모험담인 『녹색 눈의 왕녀』도 있었고요.

이야기꾼은 이야기에 청중을 끌어들이고, 어떤 때에는 청중에게 묻기도 했습니다.

와…….

『두려움을 모르는 조반니』는 별로 눈에 띄지 않는 검은 머리의 시칠리아 소년 이야기였어요. 그 소년이 어느 날 금발에 키도 크고 푸른 눈의 미남자가 되어 영국인가 어딘가에서 돌아온 거예요. 그 대목에서 이야기꾼은 별안간 이야기를 멈추고 청중을 향해 묻습니다. "어떻게 된 일일까요?"

"악마든 예수든 틀림없이 누군가와 손을 잡은 게 아닐까요?"

청중은 곰곰이 생각하는 눈치였어요.

저도 그 자리에 서서 넋을 놓고 들었습니다. 해가 질 때까지 이야기에 푹 빠져들었죠. 점점 땅거미가 내려앉자 정말 인상적이었습니다.

마침 지나가던 마차가 멈췄어요. 안에는 상류층 부부가 타고 있었는데 마부에게 마차를 세우게 한 뒤 문에 기대어 이야기에 귀를 기울였습니다.

그렇게 민중과 상류층 신사 숙녀가 한자리에 함께하게 된 것이죠. 다들 하나같이 이야기에 집중했습니다.

한창 이야기를 하던 중 교회의 만종이 울리자 모두 성호를 그으며 기도문을 외우기 시작했어요.

기도가 끝나고 이야기는 다시 계속되었습니다.

그렇게 밤 8시 정도 되었을까, 이야기꾼은 이야기를 끝마쳤습니다. 그날 분량을 끝낸 겁니다.

청중은 집으로 돌아갔고, 나는 이야기꾼을 쫓아갔습니다…….

몇 살 때의 일인가요?

스물한두 살 때였나 봐요.

……무슨 이야기를 들려준 것인지 물어봤어요.

그때 벌써 이야기꾼이 쓰는 말을 알았나요? 이탈리아어로 했을 텐데요?

이탈리아어는 할 줄 알았는데, 그래도 시칠리아 방언은 서툴렀어요. 시칠리아 방언도 이탈리아어이기는 하지만, 마치 바이에른 방언과 표준 독일어의 관계처럼 서로 많이 다릅니다. 대강 줄거리만 알아들을 수 있었어요.

이야기꾼에게 "무슨 이야기였나요?" 하고 물었죠.

"알렉상드르 뒤마의 소설입니다." 그가 대답했습니다.

그 이야기꾼은 할아버지에게서 이 일을 물려받아 생업으로 삼고 있었던 거예요.

당시에 『녹색 눈의 왕녀』는 들어본 적이 없어요. 하긴, 이야기꾼이 세월이 흐르는 사이 살을 붙였는지도 모르죠.

그 경험은 저에게 결정적인 계기가 되었습니다.

'이야기는 이렇게 쓰는 것이구나. 한 세기가 지난 뒤에도 팔레르모 광장에서 메르헨의 이야기꾼이 들려줄 수 있을 정도의 이야기 말이다' 하는 생각이 뇌리를 떠나지 않았어요.

제임스 조이스의 『율리시스』로는 그게 어렵지만 『오디세이아』라면 가능하지요. 뒤마의 소설도 그래요. 하지만 토마스 만

의 소설은 안 됩니다.

사실은 이 지점이 나에게는 매우 중요합니다. 여기에 이야기의 확실한 기능이 있거든요. 바로 화자와 청중이요.

그런데 근대 문학에 와서는 이야기가 어떤 기능을 하는지 도무지 알 수 없게 된 것 같아요. 가령 토마스 만의 『부덴브로크 가의 사람들』은 교양 있는 독자나 두세 명의 비평가를 제외하고는 대체 누구에게 들려줄 수 있단 말인가요?

하지만 팔레르모의 이야기에는 확실한 사회적 기능이 있죠. 그 사회의 일부가 된 거예요.

그렇군요.

그래서 결심했습니다. 나중에 메르헨의 이야기꾼들이 그들 나름대로 셀 수 없이 많은 속편을 만들어내고 꾸며내면서 계속해서 이어갈 수 있는 이야기를 쓰기로요.

내 인생에서 결정적인 체험 중 하나였습니다.

게다가 동네 전체에 매우 독특한 정취가 흘렀어요. 그리스와 로마가 오리엔트와 뒤섞여 있었거든요. 팔레르모의 모스크는 과거에 그리스도교 교회였습니다. 그것이 모스크가 되었다가 또 그리스도교 교회가 되었고요. 뭐라 형언할 수 없는 일종의 독특한 우울이 감도는 곳입니다.

유럽 역사는 팔레르모에 다른 데서는 찾아볼 수 없는 유일한 형태의 어떤 흔적을 남겼습니다. 거기서는 뜻밖에 외부의 시선으로 유럽을 바라보게 돼요.

지금도 기억나요. 우리는 팔레르모를 나서며 (운전대는 카메라맨이 잡았어요) 북시칠리아로 향하는 해안 도로를 달리고 있었고, 바다 위로는 폭풍 구름이 솟구쳐 있었는데 마치 엘 그레코가 그린 톨레도의 폭풍과 몹시 닮았었지요. 황색의 난운이 유황처럼 보였어요.

나는 카메라맨에게 말했습니다.

"이 도시는 존재하지 않는 곳 같아요. 1000년에 한 번 바다 위로 모습을 드러내는데, 때마침 우리가 그걸 보는 행운을 잡은 거고요. 지금은 또다시 바다 속으로 가라앉는 것만 같네요."

　　　…….

그 후로 팔레르모에 간 적은 없습니다. 다시 찾아가면 그때와 같지 않을 거라는 예감이 들었거든요. 마법에 걸린 도시와 같은 느낌이요.

첫 여행지로 이탈리아를 선택한 데는 뭔가 이유가 있나

요? 이탈리아의 뭔가……

독일인이라면 누구나 마음속에 이탈리아에 대한 동경이 있지요.

　　그런 것 같군요. 그런데 그런 동경은 어디서 온 걸까요?

그것은 아마…… 지중해에 대한 동경이겠죠. 어쩌면 예로부터 무의식중에 있어왔던 신성로마제국에 대한 관념일지도 모르겠고요. 정치적 이념이 아니고 문화적인 개념이라 볼 수 있어요.
　우리가 잃어가고 있는 것, 이탈리아인들은 아직 지니고 있는 것, 이탈리아인들은 아직 가능한 그것이 아닐까요. 순간을 즐기는 능력, 즉 진정으로 그렇게 할 수 있는 능력 말이에요. 겉보기에만 그런 게 아니라요. 이탈리아 사람과 저녁 식사를 함께 하는 것만큼 즐거운 일은 없어요.

　　그래요?

네, 백이면 백 언제나 파티가 되죠.
　그 외에도 생의 가벼움은 독일인에게는 없을뿐더러 가질 수도 없는 것입니다.

우리는 전후 젊은 시절 프랑스 영화에 흠뻑 빠져서 「인생유전Les enfants du paradis」 같은 작품에서 영향을 아주 많이 받았죠. 그래서인지 외국으로 여행을 간다고 하면 역시나 프랑스였습니다.

하지만 이탈리아를 알고부터는 나에게 이탈리아는 첫사랑 같은 존재가 되었어요. 프랑스는 이탈리아만큼 알지 못할뿐더러 안다고 해도 파리가 다예요.

이탈리아에 마음을 뺏긴 뒤로는 파리의 수 세기 정도는 경시했던 면이 없잖아 있었습니다. 플로베르가 살았던 곳이라고 들어도 크게 대단해 보이지 않더라고요. 왜냐하면 내가 살던 곳은 키케로와 홀라츠가 살았던 곳이니까요.

하하하.

이탈리아어는 관광 용어로 배우기 시작했어요. 그러다 차차 제대로 공부하는 와중에 이탈리아어로 생각하고 느끼게 되면서부터 진정한 이탈리아어를 알게 됐죠. 저에게 가장 귀중한 경험이었고, 이를 통해 모국어와도 완전히 새로운 관계를 맺을 수 있었습니다.

한 가지 덧붙이자면, 독일에서 도망친 면도 좀 있었어요. (그때는) 1960년대였고 내가 로마로 이주한 해는 1970년이었습니다.

1960년대의 독일은 정말 견딜 수 없었습니다. 학생들은 투쟁에 전념했고, 문학이나 연극은 어떤 형태로든 정치적 메시지를 담아야 했던 시절이죠. 해방적 담론이나, 그게 아니라면 적어도 사회적 의미를 내포해야만 했어요.

그 당시 예술에서 환상적인 요소나 꿈, 비전 같은 건 아무런 가치가 없었어요. 그런 건 현실 도피일 뿐인 거죠. 그래서 도피 문학이라고도 불렸습니다.

나는 점점 더 숨이 막혀왔습니다.

급기야 친구들에게조차 내가 추구하는 것을 구구절절 설명해야 했으니까요. 항상 변명해야 했고, 어김없이 상대는 나를 공격했죠. 카를 마르크스를 읽는 사람들과 끝없이 논쟁해야 했습니다.

매번 느끼는 것인데, 이탈리아인들은 더 많은 걸 인정하는 듯했어요. 이탈리아에서는 절대로 안 된다, 뭐 이런 게 없거든요. 사회 비판이든 환상적인 얘기든 무엇이든요. 중요한 건 내가 쓴 글이 제대로 된 것이냐는 거죠.

재미있네요.

이탈리아의 자유는 예전부터 저를 매료시켰고, 저에게 의욕을 불어넣어주었죠.

저는 이탈리아에서 이 자유를 만끽했습니다. 예를 들면 이탈

리아에는 문학 동아리라는 게 있어요―이탈리아인들은 토론을
무엇보다 좋아하죠. 하지만 독일처럼 악의적인 논쟁은 하지 않
아요. 상대를 링에서 녹다운시키는 지경까지는 가지 않아요. 확
실히 흥분되고 격한 어조이지만 그럼에도 불구하고 부드러운
토론입니다.

하루는 그 자리에 바티칸 의원 한 명이 참석했어요. 물론 거
의 빠지지 않고 문학이나 예술에 흥미를 가진 예수회 사제나 추
기경이 앉아 있기는 했습니다. 그들은 대개 매우 교양 있고, 그
자리에서는 당연히 자기 입장에서 얘기하는 것도 가능했어요.

다른 한쪽에는 공산주의자도 있는데, 그들은 또 나름의 반대
의견을 펼칩니다. 무신론자도 있고요. 다양한 구성원이 한자리
에 있는 거죠. 그들은 모두 함께 토론합니다. 언성이 높아질 때
도 있지만, 끝나고는 다 같이 식사를 하러 가요.

또 그 자리에서는 웃으면서 농담을 주고받죠. 상대를 골려먹
기도 하는데 기조가 달라요. 독일처럼 이념에 관한 것이 아니라
좀더 가볍게, 마치 놀이를 하듯이 즐깁니다.

로마인의 기질인 거죠. 3000년 동안이나 논리를 만들고 토론
하는 것에 단련돼왔으니까요.

게다가 이탈리아인은 수사가 매우 풍부한 사람들이에요. 자
신의 수사를 즐기죠. 그 사람들이 말하는 것을 듣다보면 수사의
재미에 폭 빠집니다. 그렇게 나는 점점 더 이탈리아어에 녹아들

어가 살게 되었습니다…….

친구가 된 건 아니지만, 펠리니(영화감독)를 두세 번 만난 적 있어요.

예술가의 위치도 독일과는 달랐어요. 좀더 확고하다고 할까요. 제가 말하고 싶은 건 사회에서 예술가의 가치인데요, 이탈리아에서 예술가들은 전혀 변명하지 않아도 됩니다. 아무도 의심하지 않으니까요.

예술가가 사회를 위해 뭔가 중요한 일을 하고 있다는 사실 말입니다. 독일에서는 작가와 화가의 역할을 항상 설명해야만 했거든요. 하지만 이탈리아에서는 그럴 필요가 없다는 거예요. 예술가는 성자가 아니라는 걸 다들 알고 있거든요. 독일에서는 예술가가 때로는 문제가 매우 많은 사람이라는 사실을 반복해서 설명하지 않으면 안 되죠. 이탈리아라면 농부도 다 아는 그런 얘기를요.

제3장

사색의 시기

1977년. 도쿄에서.
독일인 탁발승 하인츠 씨와.

엔데의 사색에 관하여

다무라 도시오

독일을 주로 시인과 사색가의 나라라고 일컫는데, 작가와 시인이 동시에 사색가인 경우도 드물지 않다. 괴테나 실러와 같은 대가들을 봐도 쉽게 알 수 있다. 엔데가 자신의 문학적 고향으로 삼는 낭만파 작가들도 마찬가지다. 낭만파 문학은 철학적 사색을 짙게 담고 있으며, 엔데 자신도 사색하는 시인 작가였다. 엔데가 끊임없이 생각해온 중심에는 마음이나 정신세계가 있다. 덧붙이자면, 마음이나 정신은 앞서 거론한 낭만파 시인이나 사색가들에게도 가장 큰 관심사였다.

『모모』나 『마법의 칵테일』에서 독자는 현대사회의 단면을 접하게 된다. 거기에는 시간을 '물건'으로 취급하는 사람들과, 돈의 노예가 되어 자연 파괴를 일삼는 이들이 등장한다. 또 『끝없는 이야기』에서는 무無에 침식된 환상세계를 그려냈다. 그러니까 현대를 살아가는 한 사람으로서 엔데는 당시 사회와 인간 현상에 주목하며 이를 작품의 소재로 삼은 것이다. 엔데는 사회와 인간의 바깥 세계 문제는 안쪽 세계가 침식되는 것, 즉 마음의 황폐와 뿌리를 같이한다고 여겼다. 마음이 황폐해져버린 이상 바깥 세계의 문제는 말끔히 해결할 수 없다고 했다. 더욱이 그렇게 된 데에는 우리가 마음의 세계가 존재한다는 사실을 잊어버렸기 때문이 아닌가라고 엔데는 묻는다.

어째서일까. 우리는 '마음'이라는 단어를 무척 좋아하면서도 정작 그 존재는 잊어버린 것 아닐까.

우리는 확실히 '마음'을 좋아한다고 하지만, 그 말조차 실체가 없는 비유에 불과하다. 태반이 그렇지 않을까. 언어로는 존재할지 몰라도 이제 마음의 세계는 실재하지 않는 게 되어버렸다.

현대인은 사물과 마음을 구분하고, 부지불식간에 세상을, 나아가 인간마저 '물건'으로 취급하는 지경에 이르렀다. 물건과 마음은 하나인데, 이 약속은 마음의 세계에 존재하며, 무엇보다 그것을 대하는 방법이 있다는 것을 잊었거나 아니면 적어도 잊어가는 것은 아닐까.

그래서인지 '진실, 선한 것, 아름다운 것'이라는 가치와 의미는 물건으로 인식되지 않고 마음속의 아리송한 존재로 선반 위에 올려두고 먼지가 쌓이도록 내버려두다가 가끔씩 쳐다보는 대상이 되어버렸다. 대신 우리는 늘 뭐가 맞는지 계측하고 계량

하는 행위를 한다. 마음속의 것은 수치화할 수 없는데도 말이다.

사람들은 정신이나 마음도 '물건'의 영역에서 사용하는 안경을 통해서 본다. 물건을 보기에는 적합할지 모르지만 정신이나 마음을 이렇게 취급하려 들면, 정신과 마음은 자취를 감추고 무로 돌아가는 법이다.

나는 엔데가 오늘날 '물건'에만 치우친 현상을 까발리는 것이라 생각한다. 엔데가 특히 근세에서 근대 또 현대로 이어지는 서양 사상의 흐름을 근거로 삼았다는 것은 말할 필요도 없다. 이는 근대 자연과학과 기술이 서양 사상에서 태동했기 때문이다. 그렇다고 엔데가 근대 자연과학과 근대 기술을 죄다 나쁘고 그릇된 것으로 취급하는 것은 아니다. 다만 어떤 한 영역에서 유효하다고 해서 그것이 절대시되고 나아가 전체를 잠식해버리면, 풍요로웠던 문명도 풍화될 수밖에 없다는 점을 경고하는 것이다.

이런 반성으로서 엔데는 동양 사상과 오랜 문화 속에는 물건과 마음의 물음에 다른 자세로 답을 찾으려는 사고가 있으며, 서양 사상에도 주류가 된 흐름 외에 다른 사고가 있었거나 혹은 지금도 존재한다는 점에 주목했다. 엔데가 '동양 사상'이나 '카발라' '연금술' 등에 보이는 무한한 흥미와 슈타이너 사상에 지니는 관심도 어디까지나 같은 맥락에서 파악해야 할 것이다. 이는 엔데가 현대 서양인으로서 그들의 사고思考 역사를 성실한 자세로 받아들이고 지속적으로 고민해온 노력의 증거라 볼 수 있다. 우리도 현대라는 같은 숙명 속에 살아가고 있다는 건 명백한 사실이다.

잠수하는 병실 옆자리 사람

이 병원에서 처음에는 2인실을 썼어요. 오자마자 8일간 이곳 F 지방(슈투트가르트 남쪽 교외) 출신의 늙은 농부와 같은 병실을 썼습니다.

좀 신기했어요. 왜냐하면 우선…… 아실지 모르겠는데, 슈바빙 방언은 슈바빙 사람이 아니면 좀처럼 알아듣기가 힘들거든요.

확실히 그렇죠.

그런데 이 근방의 농가에서는 아주 심한 슈바빙 방언을 썼기 때문에 슈바빙 사람조차 못 알아들을 지경이었어요.

같은 병실의 농부의 사투리는 한술 더 떠 두 가지 버전이 더 있었습니다. 이가 있을 때, 즉 틀니를 했을 때와 틀니를 하지 않았을 때, 두 가지요. 그이는 낮에는 매우 조용한 편이었는데, 저녁 때 욕실에서 틀니를 빼고 나면 대화를 나누고 싶은 충동이 갑자기 커지는 듯했어요.

뭐랄까, 알아들을 수 없는 신기한 언어인데, "휘슈~ 낭·낭, 휴휴, 토리기키치레!" 식의 이상한 말이었죠. (웃음)

하하하.

그러면 나도 듣고 있다가 자연음으로 얼버무립니다. "흠, 흠, 그래요, 그래"라든지 "아, 무, 무, 음, 움" 하고요.

대개는 대답이 제대로 들어맞은 듯했는데, 어떤 때에는 틀렸는지 내 쪽으로 흘끔 고개를 돌려 노려보기도 했죠.

하지만 그보다 더 곤란한 게 있었어요.

이탈리아에 잠수 대회가 있다는 거 알고 계십니까? 이탈리아어에는 '인 아프네'라는 말까지 있어요. 스쿠버(장비) 없이 얼마나 깊이 잠수할 수 있는지 겨루는 경기입니다. 옆자리 양반은 여든네 살이었는데 잘 때는 인 아프네를 하는 것 같았어요.

그렇다면?

잠들기 전까지는 꽤나 소란스럽다가 잠이 들면, 갑자기 쥐죽은 듯 조용해져서 1분이 지나고, 2분이 지나고……

간호사를 불러야 하나, 흔들어 깨워볼까, 뭐라도 하지 않으면 안 될 것 같아 조마조마하던 찰나, 노인은 다시 물 위로 올라온 것처럼 거친 숨을 토해냅니다. 그러고 나서 또 한참 시끄럽게 잇몸으로 각종 소리를 내다가 3분이 지나고, 4분이 지나고…… 또다시 조용해져요. 이번에는 4분 정도 정적이 흐르죠…….

나는 사람이 이렇게까지 길게 숨을 쉬지 못하면 안 될 텐데, 질식한 건 아닐까. 아, 죽은 걸까…… 그런 생각에 정말로 머리가 복잡했어요.

새벽 4시가 되도록 한숨도 못 잤습니다. 노인이 아직 살아 있는지, 죽은 건 아닐까, 계속 귀를 쫑긋 세우고 있어야 했으니까요.

의사에게 얘기하자 가능한 한 빨리 1인실로 바꿔주겠다고 하더군요.

나는 아내와도 한 침대를 쓰지 않았거든요. 누군가가 옆에서 숨을 쉬고 있다는 것만으로도 잠들 수가 없어서요. 하루에 한 번은 온전한 나만의 시간이 꼭 필요해요. 편안하게 긴장을 풀 수 있는 시간이요. 코를 골거나 자면서 방귀를 뀌거나 하는 것들로 에로스의 매력이 엉망이 되어버릴 걱정은 없으니 좋습니

다. 무슨 일이 있어도 오롯이 혼자가 되는 시간을 갖고 싶었으니까요.

사실 지금까지 잠은 늘 혼자 잤어요. 침실이 아주 작아도요.

의사도 그걸 양해해서 이제는 혼자 이 방을 쓰게 되었습니다.

딱히 심심하지는 않으세요?

종일 혼자 있어도 지루하지 않아요. 오히려 혼자도 전혀 지루하지 않다는 걸 알게 됐지요. 책도 읽지 않고 그저 벽만 보고 있어도 심심하지 않습니다. 항상 뭔가를 생각하거나 상상하고 꿈꾸거든요. 무료하지 않아요. 도리어 반대로 아무것도 하지 않는 상태를 완전히 즐깁니다. 텔레비전도 없고 아무것도 없어요. 멋진 일이죠.

그러고 보니 병실에 텔레비전이 없네요.

다른 병원에서는 어디나 병실에 텔레비전이 있습니다만, 나는 텔레비전을 둔 적이 없어요. 텔레비전 때문에 마음이 산만해지거든요. 침대에 누워 잘 때도 위에 천장 근처에 이렇게 비스듬하게 텔레비전이 있고…….

……모두의 머리 위에 군림하고 있네요.

아, 정말 싫어요.
　텔레비전 없이도 충분히 잘 지낼 수 있습니다.

*

　요즘 미국 여성 작가의 판타지 소설을 읽고 있는데, 거기에는 여러 여자가 등장해요. 요새는 '우먼 리브'라는 판타지 문학이 있더군요. 과거에는 늘 검을 휘두르는 근육질의 남자들만 등장했는데 요즘에는 여성들도 나옵니다. 여성들도 똑같이 하죠…….

　　모두 훈련으로 단련됐죠…….

맞아요. 훈련으로 단련된 근육질의 여자들이 인정사정없이 남자들을 상대합니다. 그런데 별 감흥이 안 생기더군요. "네, 네, 잘 알겠습니다. 여자들도 단칼에 목을 벨 수 있다는 건 잘 알겠다고요. 의심할 생각은 털끝만큼도 없습니다"라고 말해주고 싶었어요.
　하지만 사실 나는 여성에게 좀 다른 것을 기대했어요. 좀더 이성적인 것을요.

이 세계의 미래는 여성들에게 달려 있다는 기대가 늘 있었으니까요. 여성적인 방식으로요. 그러니까 남성적인 방식이 아니라요.

그런데 이런 소설들에서는 여성이 남성과 똑같이 표현됩니다. 내가 생각하기에 이런 건 그릇된 여성 해방 같아요.

그냥 모방일 뿐이죠.

네, 맞아요. 남성 보디빌더 대신에 갑자기 여성 보디빌더가 나오는. (남성보다 여성 보디빌더가 더 보기 거북하다는 건 굳이 언급하지 않을게요) 남성의 경우 어딘가 모자란 구석이 있어도 별로 신경 쓰이지 않지만(웃음), 여성이 그런 콘테스트를……. 결코 보기 좋지 않았어요.

슈타이너 인지학의 예술관

인지학의 예술에는 전부터 납득할 수 없는 것이 있었어요. 루돌프 슈타이너(의 사상)에게서 배운 많은 것이 제게는 아주 소중해요. 삶에 대한 제 시각의 기본 바탕이기도 하지요. 하지만 예술에 관해서는 그 정도는 아니에요. 슈타이너의 예술 사상은 아무래도 받아들이기가 어렵거든요. 지금도 잘못되었다고 생각하고요. 그 이유는 한마디로 어둠이 없기 때문입니다.

어떤 예술이든, 그러니까 시든 그림이든 말이에요, 밝고 환한 회화조차 어딘가 어둠이 들어 있기 마련입니다. 어둠은 반드시 있어야 해요. 그저 밝기만 하면 아무런 가치가 없어요.

인지학의 그림을 보면, 한결같이 어둠이 빠져 있죠. 그래서인지 이상하게 식물적인 느낌이 들어요. 피가 모자란 느낌이랄까요. 날카로움도 없고요.

들어보신 적이 있는지 모르겠는데, 하모니로만 구성된 음악이 있습니다.

명상용이라는데 하모니의 흐름에 몸을 맡기고 흘러가는 대로 둡니다. 나는 이 음악에는 언제나 반대예요.

왜냐하면 이런 생각이 들거든요. '아니, 이건 아니야. 부조화도 있어야 하고, 날카로움과 잔혹함도 존재해야만 해.'

이것들이 모두 위대한 형식에 통합될 때 비로소 나는 받아들일 수 있을 겁니다. 그런 면에서 인지학의 예술에는 한계가 있어요. 오이리트미(언어를 움직임으로 표현하는 동작 예술로 슈타이너가 창안했다)조차 미학은 요정의 윤무일 뿐입니다.

결국 부르주아적인 발레의 관념인 거죠. 물론 동작은 다르지만 이면에 들어 있는 예술관은 사실 발레에서 따온 것과 마찬가지로 우아한 것이죠.

이 유럽 특유의 미학은 등뼈를 곧추세우는 것에 있어요. 타문화의 무도와는 달라요.

반면에 인도 미학의 기본은 S자형 선입니다. 인도인은 직선을 아름답다고 여기지 않아요. 직선은 금세 부러지니까요. 두말할 것 없이 일본 미학에서도 마찬가지고요. 일본 미학에서는 무릎이 항상 약간 꺾여 있습니다. 항상, 이렇게, 반쯤 무릎을 구부리고…… 똑바로 서 있지 않고 항상 땅을 향해서…….

노能의 특징적인 자세예요. 늘 몸을 약간 앞으로 숙이고 있는 자세죠. 걸음걸이도 독특해요. 발바닥을 항상 무대에 착 붙이고 있다가 마지막에 살짝 들어서 톡톡 두드립니다.

오이리트미는…… 발레 「백조의 호수」와 다를 바가 없어요. 낭만적이고 우아한 관념에서 벗어나는 게 좀처럼 쉽지 않죠. 그렇다고 계속 그것만 고수한다면 시시해지고 말 겁니다.

언젠가 동양의 것들이 서양으로 넘어와 전혀 새로운 게 될지도 모를 일이죠.

직관적으로 느껴지는데, 일본인들은 예술에 어둠이 필요하다고 여기는 것 같아요. 그리고 날카로움도요.

어디서 그런 인상을 받았나요?

그러니까 노와 가부키, 그리고 다도의 다기까지 모든 것이 그러했습니다.

다도의 찻잔도 우아함과는 거리가 멀어요. 완벽주의자인 일본인들이라면 단번에 세련되고 완벽한 다기를 만들어낼 수 있었을 텐데 말이에요.

소박해 보이는 다기 말씀이군요. 그런 다기들이 분명히 있죠.

어떤 다기는 마치 아이가 찰흙을 주물러서 만든 것 같아요. 길가의 돌 같기도 하고요. 바깥쪽에는 유약이 흐른 자국도 있죠. 세련되지 않고 투박한 면이 바로 다기의 아름다움입니다. 무엇보다 저절로 그렇게 된 것, 의도하지 않는 것이요. 의도했지만 동시에 의도하지 않는 것이죠.

음, 전혀 다른 원리입니다. 뭔가를 하려는 생각이 있으면서 동시에 그럴 생각이 없는, 마치 궁술에서 활시위를 당겨 화살을 쏘지만, 과녁을 의식하지 않는 것처럼요.

이것이야말로 세계 어느 곳을 막론하고 예술의 결정적 원리라 생각하는데, 유럽에서만 확실히 인식된 적이 없는 것 같아요.

그러네요.

일본 사람들이 자기 것을 충분히 이해할 때까지 부디 남아 있기를, 그것만 바랄 뿐입니다. 일본에서도 날마다 사라지고 있으니까요. 계속 지켜나가는 건, 어디서든 소수 집단에 불과하잖아요. 대다수의 젊은이는 점점 미국화되어가고 그저 자극적인 저속함에 길들여져 점점 무감각해지는 것 같습니다.

말씀하신 대로 전통을 미래로 전승해가는 것은 어려운 일이죠.

세계 어느 문화에서든 산업사회를 받아들일 때에는 그 대가를 치러야 합니다. 산업사회란 그 뿌리부터 독을 퍼뜨려요. 어떻게 바꾸면 좋을지, 저도 잘 모르겠어요. 산업사회가 아니고는 앞으로 나아갈 수 없으니까요. 다른 한편으로 이 두 가지를 어떻게 통합하면 좋을지…… 그것도 모르기는 매한가지입니다.

앞날이 바뀔까요?

몇 년 전까지만 해도 경제나 화폐 시스템이 좀 바뀌면, 사회 전체가 바뀌지 않을까 하는 생각을 했는데요. 지금은 어림도 없어요. 왜냐하면 모든 선진 공업국이 한 나라도 빠짐없이 일제히 움직여야만 가능한 일이기 때문입니다.

해오던 대로 쭉 가는 편이 이득이에요—적어도 개별 국가들은 그렇겠지요.

긴 안목으로 보면 결국 모두에게 피해가 돌아오지만, 일단은 각국 입장에서 괜찮은 비즈니스가 되니까요.

정말로 거대한 붕괴가 올 때까지 아무것도 바꾸지 않을 것인가 하는 걱정도 됩니다.

한자, 신체, 그리고 사라지는 구로코黑衣〔가부키나 분라쿠에서 검은 복장에 검은 두건을 착용한 배우의 들러리나, 무대 장치를 조작하

는 자)

　　동물에게는 계속 유지되는 이 (위험을 예지하는) 능력을,
　　인간은 왜 잃어버린 걸까요?

아직 잃은 것은 아닐 겁니다. 그저 다른 여러 가지로 인해 묻혀
있어 알아차리지 못할 뿐이죠.

　　사람에겐 다른 이의 생각을 느끼는, 이것도 일종의 능력이라
고 할까요, 그런 게 있어요. 하지만 삶의 초반에 받는 교육이 학
교에서든, 어디서든 그 능력을 파괴하는 쪽으로 흘러가죠.

　　그러니까 그 능력은 묻히고 가려져서 그만 자취를 감춰버리
고 만 겁니다. 더는 밖으로 드러나지 않게 되었어요.

　　이른바 자연인이라면 내 말에 고개를 끄덕이며 이렇게 말하
겠지요.

　　"물론 다른 사람이 무슨 생각을 하고 있는지 느낄 수 있어요.
당연한 거 아닌가요."

　　나는 이 능력의 증거를 모으고 있습니다.

　　예를 들면 갑자기 수백, 수천 킬로미터 떨어진 곳에서 아이가
위험에 처해 있다는 걸 엄마가 느낀다든지 하는 현상 말이에요.

　　아니면 누군가가 죽었을 때, 다른 이가 그 순간을 정확히 알
게 되는…… 가령 죽은 사람을 환영으로 본다든지, 혹은 갑자기

도쿄에서. 오시마 가오리와.

시계가 멎는다든지 하는 아주 기묘한 현상이 일어납니다.

　　…….

사람들은 눈속임이나 사기라고 치부하겠죠. 오늘날에는 서로 아무 연관 없이 모두 제각기 존재한다고 생각하니까요. 하지만 옛날의 마술적인 세계관은 다릅니다. 모두 관련이 있습니다. 그래서 서로 영향을 주는 것도 어찌 보면 당연한 것이죠.

　　그런 능력을 잃어버리기 시작한 것은 언제쯤이었을까요?

합리주의가 등장하면서부터일 겁니다. 오늘날에도 그런 능력을 지닌 이들이 존재해요. 많은 경우 '미개인'이라 불리는 사람들이요. 그러니까 그들은 몇 달씩 황야에서 양을 치는 목동일 수도 있죠. 두말할 것 없이 교양 있는 대학 교수들 눈에는 신뢰할 만한 증거가 되지는 않겠지만요.

　　합리주의나 근대 과학이 이런 식으로 인간 속에 존재하는 근원적인 능력과 대치되는 건 왜일까요?

어려운 질문이네요.

개념으로 인한 사고의 발달이 우리 속에 존재하는 다른 능력을 사라지게 만든 건 아닐까요. 그렇다고 발달이 불필요했다는 뜻은 아니에요. 허나, 다른 능력을 희생한 것만은 확실하죠.

여기서 간단한 예를 들어볼게요. 일본과 중국의 문자, 즉 한자와 유럽 문자(알파벳)의 차이를 보자면, 유럽 문자는 완전히 분석적인 것이에요. 다시 말해 유럽 문자는 하나의 단어를 각각의 소리로 나누고 그 음을 알파벳으로 써요. 그리고 각각의 소리를 다시 하나의 단어로 조합하는 식입니다. 전적으로 분석적인 방식이며 아이들이 익히기가 매우 어렵죠. 아이들은 분석적으로 생각하지 않거든요.

거꾸로 말하자면, 어려서부터 분석적으로 사고하도록 강요받는 격이 됩니다. 단어부터 알파벳으로 분해하는 법을 배우니까요. 문자를 익히면서 아이들은 말을 전체로서 지각하는 능력을 잃어버리게 돼요.

한편 한자는 '그림'이에요.

유럽 사람들에게 일본 아이들은 초등학교 6년 동안 약 1000개의 한자를 배우고, 신문을 읽을 수 있는 수준이 된다고 하자 다들 경탄하더군요. "우와, 대단합니다" 하고요. 일본 아이들도 알파벳을 익히듯이 한자를 배운다고 생각했기 때문이죠.

그러면 나는 "그렇지 않아요. 완전히 반대입니다. 한자는 그림입니다"라고 설명해주곤 합니다.

사실 한자는 좀 추상적인 그림에 가까워요. 그림을 기억하는 건 아이들에게 쉬운 일이죠. 대개 어른보다 그림을 잘 기억합니다. 아이들과 함께 트럼프 게임만 해봐도 금세 알 수 있어요. 아이들이 어른보다 훨씬 잘하거든요.

그러니까 한자와 같은 종합적인 글쓰기 형식에서 어린이들이 지닌 본능의 능력이 훨씬 잘 보존되겠죠.

물론 한자로는 음운이 있는 어형은 못 씁니다. 그 차이에요. 한자에는 그림과 이념이 있지만, 어형은 없습니다.

그래서 한자는 일본어로도 중국어로도 발음되는 것이고요. 더욱이 중국에서는 지방마다 발음이 다른 것 같더군요.

전에도 말한 적이 있는데, 슈바빙 출신의 어떤 화가는 중국어를 한마디도 모르는데 읽을 줄은 알았어요. 독일어로 발음한 거예요. 읽을 수는 있으니까요.

읽은 건 확실하네요.

한자 '나무木'는 '바움'이라 발음해도 상관없어요.

한번은 중국 항아리를 발견해서 그 물건이 어느 시대 것이며 가치가 어느 정도인지 알아보려고 그 화가를 찾아갔습니다. 화가는 ×× 황제 ×년 ×월, ×× 지방에서 만들어졌다는 글자를 읽어주었어요. 한자를 읽을 줄 안 거죠.

그것은 지각의 섬세함을 잃어버리지 않는, 전혀 다른 또 하나의 사고방식인 겁니다. 단, 개념에 의한 사고나 분석 사고처럼 사물 속에 깊숙이 들어갈 수는 없어요. 그보다 조금 위에 떠다니고 있습니다.

일본인 친구와 대화를 나누다보면 항상 느끼는 점인데, 유럽인들처럼 물리적인 것 속으로 깊숙이 들어가는 것을 별로 좋아하지 않더라고요. 일본어로 이야기할 때도 늘 약간은 위에 떠다니는 듯, 암시에 머무르는 듯해요.

그래서 필연적으로 암시에 민감할 수밖에 없지요. 동시에 지각적으로 섬세한 면에도 민감해집니다.

그러나 유럽인이나 서양인들처럼 육체나 물리적인 것에 깊이 들어갈 수는 없어요. 서양인은 더 공고히 자신들 속으로…… 내 느낌을 말하자면…… 일본에서 길을 걸어보면, 유럽인들 쪽이 더욱 자기 육체 속에 견고하게 앉아 있는 것 같아요.

아시아인들은 자기 몸속에 그 정도로 단단하게 앉아 있지 않아요. 즉, 투과성이 더 강해 보여요. 모든 것에서요. 부드럽다기보다는 더 투명하다는 말이 맞겠네요.

항상 투명합니다. 일본인은 신체도 투명합니다. 유럽인의 신체처럼 강고하지 않아요. 미국인이야 더 말할 것도 없죠.

미국인의 신체는 우리 유럽인에 견줘도 무겁고, 심한 양감量感이 있습니다. 그들은 기다란 팔과 다리를 축 늘어뜨리고 있죠.

유럽인은 아시아인과 미국인 사이 어딘가에 있지 않을까요. 아시아인처럼 섬세하진 않지만, 그렇다고 미국인처럼 무겁지 않은 지점이요.

무겁다고 말씀하시는 건, 물질적인 의미에서인가요?

네, 맞아요.

……

음, 다리를 테이블 위에 올리는 것만 봐도 어딘가 무거움에서 벗어나려는 몸짓이라는 걸 알 수 있죠. 신체의 무거움에서 벗어나려는 거예요. 일본은 그 반대죠. 늘 사지를 웅크리고 있어요. 다리를 끌어당기고 최대한 팔도 끌어당겨서 앉는 것이 일본의 전통적인 방식입니다.

그런 바탕에서 몸의 움직임이 나오는 거죠. 특히 기모노 차림의 여성에게서 보이는 몸놀림은 감탄 그 자체예요. 기모노 소맷자락으로 손을 가리는데, 마치 손이 없는 것 같으니까요.

다시 말해, 자기 몸속으로 자기 자신을 끌어당기는 겁니다. 자기 몸통에…… 그래요, 여기가 가장 중요한 곳이죠. 몸통 말이에요. 사지는 달팽이처럼 쏙 들어갑니다.

미국인은 정반대예요. 손발을 길게 늘어뜨리고 다니죠. 결코 비판하려는 게 아니에요. 그저 관찰한 바를 얘기하는 겁니다.

네.

물론 말하고자 하는 바는 있죠. 단지 현상이 아니라 그 속에 담긴 의미 말이에요. 거기서 세계의 감각과 삶의 감각 전체를 들여다볼 수 있으니까요.

그렇군요. 인간이 그저 물리적인 존재라면 무게나 경도, 세기 등이 중요하겠죠. 하지만 특히 동양에서는 인간 (물리적인) 존재의 근본에는 예를 들면 '기氣'로 표현되는 정신적인 것이 들어 있다고 생각하기 때문에 신체에 대한 이해가 전혀 다른 것이겠네요.

바로 그거예요. 격투기를 보면 알 수 있어요. 특히 동양의 무도武道는 중국도 그렇고 일본도 마찬가지인데, 자신을 드러내는 것이 아니라 보이지 않게 합니다. 덮치지 않아요. 미국의 복싱과 정반대죠. (복싱) 선수들은 마치 증기해머처럼 상대에게 돌진합니다.

물리적인 중량으로 밀어붙이는 거군요…….

그래요. 그 반대가 예를 들면 유술柔術입니다. 유술에서는 자신을 보호하기 위해 상대의 무게를 이용하거든요.

　　장정 둘이 덤벼도 마르고 왜소한 유술 사범 한 명을 못 당
　　한다는 말이 있으니까요. 물리적인 중량의 문제가 아닌
　　거죠.

밀라노에서 일본인이 연출한 「나비 부인」이 상연된 적이 있어
요. 이 얘기도 아마 전에 했을 겁니다. 연출가는 구로코黒子를 써
서 무대 배경을 바꿔보려고 했어요. 처음에는 유럽인 부인을 발
탁했는데 영 맞지 않았죠. 그래서 결국 일본에서 사람들을 불러
들였습니다. 일본의 구로코만이 무대 위에서 존재하지 않거든
요. 내게는 그 차이가 똑똑히 보였어요. 그들은 거기에 없었습니
다. 존재하지 않았어요. 그들은 무대에서 전혀 방해가 되지 않았
습니다.
　'나는 없다……'고 생각하니까요. 그러자 정말로 존재하지 않
게 되는 겁니다.
　하지만 유럽인은 '나는 없다……'고 아무리 생각해도 소용없
었죠. 지겨울 정도로 무대 위에 존재하게 되고 거슬리게 돼요.
(웃음)

　　하하.

그래서 유럽에서는 아주 방대한 무대 메커니즘을 개발해야만 했던 겁니다. 외적인 기술奇術의 트릭을 구현하느라고요.

하지만 노나 초기의 가부키에서는 전혀 그럴 필요가 없었어요. 구상만으로도 가능했으니까요.

유럽에서는 언제부터 '존재하는 것'에 관심이 쏠리고, '무'란 없는 것으로 여겨 더 이상 화제로 삼지 않게 됐나요?

음, 누군가의 말에 굉장히 공감한 적이 있어요. 그리스 신전은 특히 초기의 그리스 신전에서 중요한 것은 눈에 보이는 게 아니라 그 사이의 공간이라고 했습니다. 그러니까 기둥 자체보다 기둥 사이의 공간이 더 중요하다는 의미죠.

그 말을 듣고 나서 그리스 신전을 다시 한번 둘러봤는데, 그 말이 맞더라고요. 기둥 사이의 공간에 주목하자 금세 아주 다른 것이 눈에 들어왔어요. 아무것도 아닌, 무의 존재가요.

신전의 내부 공간, 즉 아무것도 없는 허무의 공간이 바로 신이 머무는 곳입니다. 눈에 보이지 않는 곳이에요. 그곳에서 보이는 거라고는 눈에 보이지 않는 것의 윤곽을 나타내기 위한 것일 뿐이었어요. 그러니까 진작 그리스에서는 그걸 알았던 겁니다. 아마 신화의 시대가 아니었을까요.

유럽의 물질,
아시아의 영성,
역사의 흐름

왜냐하면 그것은 말할 것도 없이 노자의 『도덕경』에 나온 말과 기가 막히게 딱 들어맞거든요.

'항아리는 찰흙으로 만들어지지만, 그 본질은 허무다' 등등.

그러니까 아주 오래된 시대의 사고입니다. 물질에 주목하지 않아요. 물질적인 것이란 사실 그것을 넘어선 본질적인 것의 외관을 꾸미고 있을 뿐이라고 여기는 거죠. 옷차림이 중요한 것이 아니라 그 안에 있는 사람이 중요하다는 겁니다.

이런 식의 사고는 서양 역사에서 점차 사라지고 있는 것 같아요. 의식은 점점 물적인 육체화에 젖어가다가 끝내 인간을 물적 육체와 구분하지 못할 지경에 이르렀습니다. 옛날 아시아 사상에서는 가당치도 않은 일이죠.

실제로 물질주의에 빠진 현대인들이 믿고 있는, 육체가 사라지면 그 자신도 사라져버린다는 식의 정체성은 인도 사상에서도, 중국 사상에서도 상상하지 못한 내용입니다. 옛사람들은 절대 생각할 수도 없었던 것이죠.

사실상 이런 식의 사고는 합리주의가 등장하면서 대두되었습니다. 어느 쪽이 원인이고 결과인지 정확히 따질 순 없어요. 왜냐하면 합리주의도 의식의 발전으로 인한 결과물이니까요. 신체를 체험하는 방법이 달라지면 생각도 달라지는 법입니다. 그러니까 어디서 기인하는지는 모르겠으나 거기에는 발전이 있어요.

세상에는 의식을 그렇게 물질의 깊은 곳까지 끌어내려야 하는 (문명을 지닌) 곳이 어쩌면 필요했을지도 모르죠. 거꾸로 생각해보면 인도 사상이나 중국 사상 어디에서도 소위 테크놀로지가 탄생하지는 않았으니까요.

고대 그리스인도 그렇게는 생각하지 못한 것 같아요. 만약 이런 식으로 사고하도록 요구되었다면 그들의 뇌는 그만 망가져버렸을걸요. 고대 그리스인이 바보라는 말이 아닙니다. 그보다는 오히려, 그들 전 존재가 이런 식의 사고에 저항한 겁니다. 고대 그리스인은 그렇게 생각하지 않았습니다. 그뿐이에요. 물질주의는 사실 르네상스와 함께 등장했습니다.

이렇게 기술을 중심으로 한 새로운 문명이, 근원의 자리를 차지하게 되었는데요. 이유가 뭐라고 생각하십니까?

필연이었을까요? 이렇게 되어야만 하는…… 뭐라고 표현하면 좋을까요.

서서히 죽어가는 과정이죠…….

하나의 과정이란 말입니까?

……죽어가는 과정입니다. 하지만 그것만으로 필요성을 부정할 수는 없어요.

고대에는 서양에서도 이 죽어가는 과정에 관해 알고 있었어요. 그리스도교에서 이 像이 생겨난 데는 이유가 있습니다. 오늘날에는 이제 아무도 믿지 않지만, 그리스도가 죽어 저승에 갔다가 부활해요. 그런 의미에서 죽음과 부활은 서양의 그리스도교적 사고라고 볼 수 있죠.

종말론적인 것이군요. 그것과 비슷한 것입니까?

네, 비슷하게 이 과정의 길이 필요했던 건 아닐까요.

아시아 문화는 어느 곳에서도 여기까지 진행된 적은 없어요. 다들 그 앞에서 멈췄고 물질 위에 떠 있습니다.

그래서인지 아시아 문화는 좀더 영적으로 유지되어왔습니다.

1977년, 도쿄에서
사토 마리코와.

물질주의적인 게 아니라요. 적어도 지금까지는 그런 것 같아요. 물론 유럽의 기술, 공업사회를 받아들인 이상 그만큼 아시아 문화도 물질주의적으로 변해가겠죠.

그러나 인도나 중국, 일본 문화는 사실, 에테르적 현상에 머물러 있기 때문에 저절로 물질 현상까지 가는 일은 없을 겁니다.

일본의 꽃을 즐기는 문화는 순수 에테르 예찬이죠. 꽃이 피는 것은 자연의 에테르니까요. 꽃은 식물 속에 있는 에테르의 힘이 드러난 것이에요. 일본인이 꽃에 관심을 보이는 것은, 꽃이 아름답거나 색이 곱기 때문만이 아니라 거기에는 그 이상의 것이 있기 때문입니다. 꽃은 식물의 본래적 모습 그 자체니까요. 그 순간, 즉 꽃이 피고 지는 그 짧은 순간에만 우리는 식물이라는 생명체를 봅니다. 그 순간이야말로 식물의 진짜 모습인 거죠. 꽃의 생명을 거기서 봅니다. 녹색 잎에서는 알아보기 힘들지만, 꽃에서는 볼 수가 있어요.

　　　무상이라는 말이군요…….

네, 에테르적인 자연에 대한 이러한 심상이 바로 제가 아시아가 특별하다고 여기는 부분이에요. 유럽인은 송두리째 잃었습니다. 유럽인에게는 물질적인 자연만 중요해져버렸으니까요.

물질적인 것은 남으니까요…….

맞아요. 그래서 가령 보존에도 차이가 보여요. 매우 흥미롭죠. 일본의 신궁은 20년마다 새로 건조되지만 옛날 모습을 그대로 유지하죠.

이세신궁伊勢神宮 말이군요. 센구遷宮라고도 하죠. 〔일본의 미에현에 있는 이세신궁은 일본 최고最古의 건축 양식으로 짓기 때문에 건물 수명이 20년 정도밖에 되지 않아 20년에 한 번씩 신을 모신 건물들을 옆에 있는 땅에 똑같은 모습으로 세우고 이전의 건물을 헐어버린다.〕

결국 물질적인 것은 아무래도 좋다는 거예요. 그러니 바꿔도 상관없는 거죠.

유지되어야 할 것은 그 이념인 신궁의 형상形象 원리입니다. 이것은 잘 이어지고 있습니다. 그것도 아주 정확하게요.

유럽은 그 반대에 가까워요. 유럽에서는 물질이 보존됩니다.

즉, 고딕 양식의 대성당이 있으면 그것을 보존합니다. 하지만 항상 뭔가 새로운 이념이 생겨나요. 25년, 50년이 지나면 새로운 양식이 생겨나고 완전히 새로운 미학을 고안해냅니다. 고대 그리스인이 건축한 신전을 오늘날에 똑같이 지을 수 있는 곳은 아마 유럽 어디에도 없을걸요. 어디에도요.

이것도 거의 반대되는 원리입니다. 성스러운 감동으로 유럽인을 전율하게 만드는 것이요. 참고로 나는 아무리 생각해도 모르겠더군요. 로마 근교에 살 때 지인들이 찾아오곤 했는데 그들은 고대 로마 시대의 광장을 거닐며 그곳에 있는 오래된 돌을 보고는 소름끼칠 정도로 감격했다고 말하곤 했어요.

이유가 뭘까 늘 생각했습니다. 아마 이런 것 아닐까요. 오래된 것이니까요.

나는 사실, 그 돌이 오래됐고 2000년 동안 그 자리에 있었다는 사실만으로 왜 감동을 받는지 그 이유를 잘 모르겠습니다. 특별히 아름다운 것도 아닌데 말이에요.

하지만 유럽인들은 돌이 긴긴 세월 그 자리에 있었다는 사실만으로도 마음이 경건해지는 겁니다.

일본인이라면 눈도 깜짝하지 않을 거예요. 낡은 목재 따위는 태워버리고 사원을 새로 건조하는 민족이니까요.

아마도요. 적어도 숭배의 대상으로 삼지는 않겠죠.

그건 아무래도 좋은 것이고, 더는 아무 의미도 없으며, 그러니까 아무것도 아닌 거죠.

여기서 또 다른 자세가 엿보입니다. 한자와 마찬가지로 형식이나 이념은 중요하게 여기지만, 물질적인 것은 경시해버리지요. 한자에서처럼 이념을 표현하는 게 핵심인 겁니다.

이에 비해 유럽에서는 분석을 통해서 어형이 그 물질적인 형태로 쓰이죠. 이념이 아니라요.

'바움(나무)'이라는 말은 '나무'의 모양과 아무런 관계가 없어요. 기호일 뿐이에요. 그것은 모스 부호로든, 무엇으로든 쓸 수가 있어요.

하지만 가령 히브리 문자는 그렇지 않아요. 히브리 문자도 알파벳과 비슷하지만 모든 글자에 이념이 들어 있습니다. 어느 문자든 이름이 있고 정해진 의미가 있으며 동시에 그림이기도 합니다. 카발라는 바로 이 기초에서 성립되었고요.

즉, 히브리 문자에는 각기 원리가 있습니다. 히브리 문자의 명칭을 보면 잘 알 수 있어요. 알레프, 베트, 기멜은 각각 의미를 지니죠. 알레프는 황소의 머리를, 베트는 집을, 기멜은 낙타를 뜻해요.

그리스어의 알파, 베타, 감마는 아무것도 표현하지 않아요. 그저 기호에 불과합니다. 고어를 소리로 본뜬 추상적인 기호예요. 의미는 없어요. 알파는 그저 알파일 뿐 어떤 뜻도 없습니다.

조금 전에 말씀하신 종말론적인, 끝을 향해 달려가는 인류 역사의 움직임, 그다음에 부활이 기다리고 있을지, 아니면 또 거기서 뭔가가 일어나겠죠. 이러한 세계사의 발전과 과정에는 어떤 의미가 있을까요? 뭔가 의미가 있을 것 같은데요…….

의미가 있다고 생각합니다.

어쩌면 이 세상에는 지역마다 인류에게 부여된 각각의 과제가 있는 것 아닐까요. 분명히 유럽인과 아시아인이 짊어진 과제는 달라요. 제 생각은 그래요. 물질적인 것, 물질적인 것을 거쳐서 간 길, 그 안에서 의미가 죽고 난 후 부활한다는 것은 어디까지나 유럽의 개념이죠. 이것을 그대로 아시아의 사고에 적용시키는 것은 절대 불가능합니다.

말씀하신 것처럼 세계사의 과제가 여러 지역에서 다른 형태로 주어져 있다면, 지금 전 세계가 유럽의 과학기술을 받아들이고 이를 자신들의 역사로 발전시키려는 건 뭔가 치명적인 영향을 주게 될까요?

이 세계에 다른 사고가 존재하고, 거기서는 파국이 도래하지 않는다고 칩시다.

NHK의 기와무라河邑가 가져온, 아래로 굽은 말굽 모양의 선이 그려진 그림을 보고 이야기했던 게 생각나네요. 이렇게 말할 수 있지 않을까요. 한 발전의 선이 아래를 통과하고, 다른 발전의 선은 그 바로 위로 지나간다고요.

그렇다면 가령 아래를 통과하는 사람들은, 어느 특정 지점에서는 실제로 영적인 것을 유지해온 사람들의 존재에 의지해야만 하는 거죠. 다시금 발견하도록 말이에요. 저점을 통과하는 사람들이 과연 스스로 찾아낼 수 있을지가 의문이기 때문이죠. 그러니 다른 세계의 감각을 버리지 않았던, 다른 사람들이 거기에 있어야만 하는 거예요. 또 거기서 반드시 구해내야만 하죠. 그랬을 때 모두 '주고받는 것'이 되는 겁니다. 한쪽은 다른 쪽이 하지 않은 경험을 했고, 그 반대의 경우도 마찬가지니까요. 그럼으로써 서로 보완이 됩니다. 하지만 모두가 이 저점을 통과해야 하는 거라면, 어떻게 거기서 다시 나올 수 있을지 모르겠어요.

최종적인 파국이 닥치지 않을 거라는 확신, 혹은 그러한 감각은 어디에서 오는 겁니까? 앞으로의 미래에 뭔가 좋은 일이 있을 거라는 직감 말입니다.

아이러니하게도 그건 모른다는 데서 나옵니다. 전에도 말했다시피 개념적 사고가 닭인지, 아니면 물질주의가 달걀인지, 혹은 그 반대인지 저는 모릅니다. 그저 확인만 할 뿐이죠. 인류에게는 불가사의한 형태로 의식의 변화가 일어나는데 저는 여태껏 그 원인을 설명할 수 없었어요. 적어도 제 기준에서는 충분한 설명이 되지 않았죠.

그저 일어나는 겁니다.

그게 사실이라면, 인류 역사는 뭔가 굉장히 미세한 영향을 받고 있다는 것인데, 이는 우리가 예측할 수 있는 영역 너머의 전혀 다른 곳에서 오는 것이지 않을까요. 말하자면 다른 의식을 지닌 인간이 이 세상에 나타나는 것, 그뿐일 겁니다. 새로운 세대의 출현을 의미하죠.

르네상스 시대에 유럽 곳곳에서 자연과학적 사고를 하려는 이들이 출현한 것과 마찬가지입니다. 그들은 그런 식의 사고를 원했습니다. 느닷없이 그런 충동이 그들 속에 있었던 거예요. 중세의 세계상으로 더 이상 세계를 설명할 수 없어서가 아니었어요. 그때까지도 세계는 충분히 기존의 세계상으로 이해되었으니까요. 오히려 다른 방식으로 사고하고 싶었던 겁니다.

하지만 그 이유를 묻는다면 모른다고 대답할밖에요. 왜, 갑자기 50년도 채 안 되는 사이에 유럽에서 의식의 전면적인 변혁이 일어났고, 기존의 오래된 세계상에 만족할 수 없게 되었으며, 새로운 것을 원하고 찾게 되었는지 이유를 모르겠습니다.

존재의 아주 다른 측면에서 영향을 받은 것일 수도 있어요. 일반적인 방법으로는 설명할 수가 없어요. 그리고 결코 이해할 수 없을 거라는 데서 저는 희망을 가집니다.

그렇다면 당연히 반대의 경우도 있을 수 있겠죠. 다른 방향으로 생각하고 싶은 사람들의 세대가 올지도 모르니까요. 그리고 그 세대는 필요한 능력을 키워나갈 겁니다.

말과 의미

아이들은 말에 의미가 있다는 걸 모르는데도 어느새 뜻을 배웁니다.

아이들이 어떻게 배우는지, 그것은 제게도 지상 최대의 수수께끼예요. 어른들이 말하는 소리에 뭔가 의미가 있다는 걸 알아차리죠. 그리고 아이들은 '더욱'과 같은 어려운 말의 의미를 본능적으로 깨우쳐요.

'더욱'의 의미를 설명하는 것은 어렵죠.

어린아이는 말이 트이기 전에 먼저 이해합니다.
요즘은 이런 생각이 들어요. 맞는 건지는 모르지만 말에 관하여 제가 선禪의 방향으로 생각하는 것은 모두 말 이전의 이해, 그러니까 그 이해의 상태를 다시 얻으려는 게 아닐까 생각해요. 말에 집착하는 것이 아니라 아직 말할 줄 모르는 아이가 말에 의미가 있다는 것을 배우듯이 말이에요.

모든 말에 앞서, 말없이 이해할 수 있는 것, 이것이야말로 사실 정말 중요한 포인트입니다. 거기에는 이제 차이가 존재하지 않으니까요. 선의 고승이 항상 말하듯 안과 밖의 차이가 없는 것처럼요. 객관적, 주관적이라는 차이가 없어져요. 다른 점이 모두 없어집니다. 이 본능적 이해는 안도 밖도 아니니까요. 즉 제3의 것, 안이나 밖을 넘어선 것이죠.

현대의 심리학자들은 아이들이 모방을 통해서 말하는 법을 배운다고 합니다. 모방을 통해서 말을 배우는 것이라면 앵무새도 마찬가지죠. 다만 앵무새는 자신이 무슨 말을 하는지 몰라요. 당연히 일본어 환경에서 자란 아이들은 일본어를 배우고, 독일어 환경에서 자란 아이들은 독일어를 배웁니다. 즉 각각의 언어를 보자면, 모방을 통해서 배우는 게 맞아요.

하지만 말은 모방으로 배우는 게 아니라 애초에 우리 속에 소질로 존재하는 것입니다.

정말로, 그렇습니다.

말하고 이해할 수 있는 것, 바로 이것이 증거인 셈이죠. 인간이 불멸이라는 증거요. 왜냐하면 아이가 생을 부여받았을 때, 이미 이 능력을 지니고 태어난다면 그것은 어딘가에서 와야만 하는 거예요. 그런 형태로 두루두루 이해되는 나라에서 온 것이죠.

그다음에 아이는 점점 말에서 그것을 다시 찾아내는 법을 배워야만 합니다. 하지만 분명한 점은 이해하는 존재로서 이 세상에 태어났다는 사실이에요.

언어성이 아직 구현되지 않았어도, 가능성으로서 아이 속에 이미 내재되어 있다는 이야기지요.

아이들을 관찰해보면 잘 알 수 있어요. 그 능력은 엄청난 힘으로 쏟아져 나옵니다. 저는 그저 옆에서 지켜보는 아저씨일 뿐인데, 당신은 두 아이의 아버지니까 더 잘 알겠군요.

아이에게는 강하게 솟아 나오는 것이 두 가지 있습니다. 먼저 일어서려는 욕구가 있죠. 아기는 일어서려고 안간힘을 써요. 처음으로 서서 걸었을 때 그 득의양양한 표정을 보셨을 겁니다. 굉장한 성공이죠. 서는 법과 말하는 법을 배우는 것은 그야말로 대단한 일입니다.

말하고 싶은 것을 처음 말로 표현했을 때나 비록 세 단어지만 제대로 된 대화를 했을 때, 아이들은 가슴이 벅찰 겁니다.

1986년 3월.
배우학교 시절부터 친구 사이인, 라이너 뤼브케와.

그렇다면 우리는 언어를 어디로부터 받은 걸까요? 어떤 정신세계에서 오는 걸까요?

언어가 각각 존재하는 건 아니에요. 모두 컷글라스(칼로 여러 모양을 새긴 유리그릇)에서 떨어져 나온 파편과 같은 것이죠. 하지만 언어 그 자체는······.

구약성서에서도 처음에 등장하는 구절은 '하나님께서 말씀하시기를, 빛이 생겨라'입니다.

즉, 신이 처음 행한 것도 말이었습니다. 말없이 말하는 것, 이것이 바로 본래의 정신 원리라 생각합니다. "정신은 말하고, 마음은 울고, 지각은 웃는다"라는 얘기도 있잖아요.

아이들은 잘 웃어요. 매우 감각적인 존재이기 때문입니다. 아이들에게는 감각이 중심이에요. 벽에 파리만 앉아 있어도 그걸 보고는 깔깔 웃어대죠. 아무것도 아닌 실없는 농담에도 폭소를 터트립니다.

인간의 지각이란 언제든지 웃을 수 있도록 만들어졌거든요. 그리고 인간의 마음은 항상 울 수 있고요. 그래서 결국에는 비극도 희극도 매한가지인 겁니다. 어느 쪽이든 다 옳아요. 감각의 입장에서 세계를 보면 세계는 골계입니다. 나를 웃기는 대상이지요. 정신의 입장에서 세계를 보면 세계는 숭고하며 말하고 우는 존재입니다. 어느 쪽도 진실이에요. 주로 그렇듯, 이들은 일

견 서로를 소외시키는 듯 보이죠.

> 지금 대화를 나누고 있는 것 같은 언어성이나 정신성이라
> 해도 좋을까요? 신체로서의 인간을 초월한 그 위에 있는
> 것입니까? 개개의 인간 존재 앞에 있고, 그 뒤에도 있다
> 고 할 수 있는……?

좀더 와닿기 쉽게 이런 건 어떨까요?—우리가 지금 이렇게 이
문제를 함께 논할 수 있다는 사실 자체가 이미 신체적인 것을
넘어섰다는 얘기죠. 그렇지 않고서야 당신이 어떻게 제게 그런
질문을 할 수 있겠어요. 또 어째서 저는 또 이 물음에 답하려고
시도하겠습니까. 제3의 무언가로, 그것이 무엇인지는 구체적으
로 표현하진 못하겠는데, 당신의 신체성과 저의 신체성, 그걸 뛰
어넘는 제3의 공간에서 뭔가가 일어나고 있으며 우리는 거기서
만나는 거죠.

> 네.

거꾸로 생각해보면, 이런 현상으로서 눈앞에 존재하는 세계, 이
세계가 결국 언어이지 않을까요. 그렇게밖에 설명되지 않습니
다. 물론 이해할 수 없을 때도요. 아니, 이해할 수 없는 때야말로

그렇죠.

보세요. 모든 나무와 새는 끊임없이 뭔가를 말하고 있어요. 그저 언어의 형식이 다를 뿐입니다. 즉, 이들의 언어는 형태의 언어이자 색채의 언어이고 소리의 언어입니다. 모두가 언어라는 건 똑같아요. 이 우주 전체는 언어로 성립되어 있습니다. 삼라만상은 끊임없이 뭔가를 말하고 있는 거죠.

이쯤에서 다시 궁금해지는데요, 언어는 어디에서 오는 걸까요? 어딘가 깊은 신비의 세계에서 오는 걸까요?

언어는 정신세계의 어딘가 깊은 데서 나옵니다. 세상의 모든 종교도 그런 식으로 설파하죠. 즉, 눈에 보이는 이 세계는 많은 단계들 중에서 맨 마지막, 소위 가장 아래에 있으며, 어떤 에너지 혹은 언어로 표현되는 가장 밀도 높은 것이라고요.

그러니까 우리는 이 세상에서 말하자면 가장 밀도가 높은 형태로 살아가고 있는 겁니다. 그러나 그 위로는, 카발라로 치면 아홉 단계가 더 있어요. 이 아홉 세계는 제각기 다릅니다. 이 정도로 밀도가 높지는 않고, 좀더 투과성이 있죠.

이렇게 말할 수도 있겠네요—눈에 보이는 창조는 신의 길 끝에 있다고.

1988년 7월, 뮌헨의 자택 서재에서.

그렇다면 인간 개개의 삶이란 대체 뭘까요? 어떤 거대한 정신적인 것에 연결되어 있지만, 개인의 삶 자체는 이내 사라져버릴 정도로 미미한 것이잖아요.

그럴지도 모르죠. 하지만 카발라에서 말하듯, 만약 이 세상이 인간을 위해 존재한다면 대소 개념은 다른 방식으로 이해되어야 할 겁니다.

인간은 물질세계에서만 완전한 고독을 체험할 수 있어요. 인간이 자립한 존재로 서려면 이 완전한 고독의 체험은 필수 불가결합니다. 왜냐하면 소위 다른 종류의 힘이나 위력이 항상 신체 내부에 흐르고 있는, 또 하나의 세계를 벗어나야만 마침내 진정한 자립이 되니까요.

말하자면 필요한 오류인 셈이죠. 이 세상에서 우리는 물질적인 신체의 표피 속에 제한되어 있다고 믿어요. 이런 믿음은 필요한 실수입니다. 정말로 그렇게 생각할 수도 있겠죠.

물론 조금만 생각해보면, 그게 아니라는 걸 깨닫게 됩니다. 몸에서 나오는 체온은 적외선 카메라로 보면 멀리서도 보이거든요. 항상 주변으로 내뿜고 있으니까요. 숨만 해도 그래요. 조금 전 밖에 있던 것이 이미 내 속에 들어와 있고, 내 속에 있던 것이 또 밖으로 나갑니다. 나의 물질적 신체의 일부인데 말이에요. 그러니, 물질적으로도 이미 모순인 거죠.

게다가 우리는 고립된 존재라는 오류에도 빠져 있어요. 말했듯이 필요한 오류입니다. 모두 제각기 혼자라고 여기기 때문에 이런저런 행동을 스스로 결정해요. 즉, 자립한 존재로서 존재하는 겁니다.

*

겹겹이 쌓인 물질주의라는 눈 아래 이미 봄은 꿈틀거리고 있어요. 자연도 마찬가지예요. 봄은 서서히 찾아오지 않고 늘 돌연와 있습니다. 느닷없이 봄꽃의 싹이 돋죠. 정말로 어느 날 갑자기 돋아 있습니다. 꽃이 어디서 오는지는 도무지 알 수가 없어요. 거의 하룻밤 사이에 피니까요. 대지를 덮은 눈이 녹는가 싶더니 벌써 여기저기 싹이 돋아납니다. 그리고 초원에는 꽃이 만발하죠.

네.

최근 20~30년 사이에 이처럼 아주 큰 변화가 일어나는 것 같습니다. 특히 젊은 세대의 움직임에서요. 그들은 지금의 가치에 만족할 수 없다고 느끼고 있어요. 그 걸로는 행복하지 않으니까요. 다만 대신 무엇을 찾아야 할지 아직 모를 뿐입니다. 새로운 의

식의 탄생으로 수반되는 진통은 종종 그로테스크한 유산을 낳기도 하죠. 신흥 종교에서 자주 보이는 현상입니다. 바꿔 말하면, 사람들 사이에 강한 동경심이 있다는 것이기도 해요. 단지 그 동경을 어떻게 표현해야 할지 모른다는 거예요. 그래서 때로는 저속하고 형편없는 표현으로 만족해버려요. 그런 표현에서도 뭔가를 얻는다고 생각하거든요.

그러나 우리는 그런 일련의 사건에서 배우기도 하겠지만, 문명이 초래한 것에서 치명적인 영향을 받게 될 겁니다. 이것이 인류에게 멸망을 가져오진 않겠지만, 혹독한 교훈으로 남겠죠. 그렇게 사람들은 진지하게 다른 세계상을, 다른 세계의 이해를, 다른 인간의 이해를 탐구하기 시작하는 겁니다. 바로 거기서 새로운 문화가 탄생하는 게 아닐까요…….

조짐은 있다고 생각해요. 가령 루돌프 슈타이너의 사상은 이미 완전히 새로운 세계상을 의미하죠. 분명하고 확실하며 대부분 과학적이라 말해도 무방한 사고에 충분히 연계되어 있지만 인과론적 사고는 아니에요. 그보다는 굉장히 구체적인 사고입니다. 세계를…… 인간의 의식을 매우 새로운 기초로 삼았으며, 슈타이너 자신도 스스로를 (그러한 사고를 시작한) 최초의 존재로 여겼습니다.

슈타이너는 "저처럼 생각하는 사람이 많이 나올 겁니다. 저는 그저 먼저 시작한 사람일 뿐입니다"라고 말했습니다. 슈타이너는 자연과 인간을 다른 눈으로 봐야 하며, 18, 19세기의 유산이 현재의 돌이킬 수 없는 결과를 야기했을 수도 있다고 끊임없이 강조했습니다.

어떤 의미에서는 이렇게 말할 수 있겠죠. "예부터 내려온 오랜 지식이 있고, 또 새로운 지식이 있습니다. 그리고 많은 부분에서 이 두 가지는 같은 것입니다." 하지만 이는 항상 나중에 알게 됩니다. 왜냐하면 그것을 발견하는 것은 새로운 길이기 때문에 기존의 길과는 다르거든요.

어쨌든 사고는 발전해왔고 지금도 온 세상에서 계속 발전하고 있죠. 오래된 사고방식으로 돌아간다 해도 어쩔 수 없어요. 오래된 사고방식은 아직 꽤나 많은 연결성이 있으므로 잠시 어느 정도는 감탄의 눈으로 봐도 괜찮습니다. 하지만 우리는 새로운 형태로 나아가야 해요. 마침 지금 우리가 대화에서 시도하는 형태가 예가 될 수 있겠네요. 중세에는 오늘날처럼 논거를 달지는 않았고, 또 오늘날처럼 생각하지 않았거든요.

그리고 거기에는 이미 많은 새로운 것이 잠재해 있다고 생각합니다. 실제로 위험을 피해 갈 수 있는 무언가가 있지 않을까요…….

과학, 경제, 이삭의 원리

중세처럼 일반적으로 신을 진리라 여겼던 시대가 끝나고 대신 수학과 자연과학 같은 정확한 과학이 참이 되었는데, 앞으로 새로운 가치관을 정립하려면 진리란 무엇인가를 반드시 짚고 넘어가야 하지 않을까요?

저는 자연과학적인 사고가 원리로서 부적합하다고는 전혀 생각하지 않아요. 다만 자연과학적인 사고가 오늘날 이 정도까지 치명적으로 된 데에는 정확함이 부족했기 때문이라는 거죠. 게다가 너무 쉽게 생각을 단념해요. 그러고는 계속하려 들지 않죠. 진짜 원인을 파고들지 않은 채 그저 단순한 인과관계에만 머물러 있다는 말입니다.

가령 더 깊이 있고 진지하게 자연에 접근해보면, 그것도 유전

1990년, 뮌헨 거리.

자와 물질로 모든 게 설명될 거라는 선입견을 버리고서요(이는 명백한 선입견입니다). 자연 속에는…… 손만 닿아도 느낄 수 있을 만큼 어마어마한 힘이 있다는 걸 알 수 있죠. 비록 측정할 순 없지만 확실히 느껴집니다. 오감으로 지각할 수 있어요.

이로써 우리는 아주 가까운 미래에 새로운 자연과학에 도달하게 될 겁니다. 새로운 의학 등에도 다다를 수 있겠죠. 더 많은 것을 생각해냄과 동시에 이제 정신과 물체를 제멋대로 나눈다든지 하는 일 따위는 일어나지 않는 자연과학 말입니다.

하지만 왜 식물은 아래에서 위로 뻗어 올라가는지, 그 이유를 나에게 알려줄 수 있는 과학자는 아직 한 명도 없어요. 식물은 어째서 아래서 위로 자랄까요?

과학자들은 단지 화학적인 과정이라고 설명합니다. 화학 과정이 뿌리부터 강하게 일어나 위로 뻗어 올라가는 것이라고요.

터무니없는 얘기죠. 제대로 보지도 않고 하는 말입니다.

자연의 다양성을 모두 과학적으로 설명할 수는 없는 법이지요.

맞아요. 제 생각에 벌의 왕국은 단순히 벌들이 모여 있는 집단이 아니에요. 그건 불 보듯 뻔한 사실이죠. 벌들이 우리가 알지 못하는 신기한 이유로 모여서 하나의 왕국을 이루고 나면, 그

왕국은 예사롭게 돌아가거든요.

옛날 사람들은 벌의 왕국을 한 마리의 동물이라고 여겼어요. 사지를 따로따로 움직일 수 있는 아주 독특한 동물이요.

어렸을 때 농가에서 알게 된 것인데 예전부터 바이에른 지방에서는 벌통이나 벌의 왕국이라 하지 않고, 벌떼 전체를 '벌떼 Der Bien(단수의 '무리'로서의 벌)'라고 불렀어요. 벌의 왕국(전체가)을 한 마리의 동물이라고 본능적으로 이해한 거죠. 한 마리의 젖소처럼, 한 개의 '벌떼'가 있는 겁니다. '벌집'을 그렇게 불렀어요.

어린 시절, 한번은 이런 일도 있었습니다. 늙은 농부가 죽자 그의 아내는 밖으로 나와 맨 먼저 가축 막사로 갔어요. 가축들에게 "남편이 죽었어"라고 큰 소리로 외치고는 그다음에는 벌통으로 가서 또 남편이 죽었다고 소리를 질렀어요. 그렇게 죽음을 알렸습니다. 옛날에는 그렇게 했어요.

그렇게 가축이나 벌떼는 남편이 죽었다는 걸 알게 됩니다. 그러나 그때도 벌떼라고 칭했습니다. 전체를 지목한 거죠. 벌의 왕국을 관찰해보면, 여왕벌은 모든 벌을 다스리는 위정자가 아니라 생식 기관에 불과하죠. 여왕벌은 아무것도 아니에요. 그저 알을 낳는 기능을 할 뿐입니다.

『끝없는 이야기』에서도 많은 것에서 생겨난 존재가 등장하죠.

이그라무루…… 물론 악령도 비슷한 경우예요. 하나의 존재가 무수한 개개의 존재로 성립되었다는 원리가…… 벌의 왕국에서도 적용됩니다.

연구자 중에는 이런 인식에 상당히 근접한 사람도 있어요. 평생 흰개미를 연구한 프랑스 과학자 발레가 쓴 『흰개미의 영혼』이라는 책에서 봤는데, 요컨대 어느 집에서 흰개미를 발견하고 여왕개미가 있는 곳을 찾아봤더니 빵만 한 크기로 되어 있었습니다. 그리고 몇 군데 차폐물을 걷어내자 마치 혈액이 순환되는 것처럼 벽 속으로 개미 길이 훤하게 드러났어요. 흰개미는 그곳을 지나다녔습니다.

그리고 다음의 실험을 합니다. 여왕개미에게 작은 돌을 떨어뜨려서 일종의 충격을 주었더니, 20미터나 떨어져 있는데도 흰개미들은 그 순간 모두 같은 충격을 받고는 꼼짝하지 않고 멈춰섰습니다. 책에서는 그 이유에 대해 뭔가 전달되어서가 아니라 흰개미는 모두 여왕개미와 텔레파시로 연결되어 있다고 설명했습니다. 여왕개미에게 돌이 떨어진 순간에 모든 흰개미가 반응했거든요. 발레는 흰개미 왕국은 한 마리의 동물이라고 결론을 내렸어요.

다른 이야기인데요, 오늘날에는 기술적이고 수학적이며 자연과학적인 세계관이 지배적입니다. 그렇게 된 데에는 기술 기기가 인간에게 편리를 제공하고 또 인간의 마음을 사로잡는 매력이 있기 때문이라고 생각하는데요…….

네, 그것은 또 경제 시스템과도 관계가 있습니다. 그래서 아주 어렵죠. 사실은 더욱더 개발되고 발전되어가는 것은 오직 경제적 이익 추구뿐입니다. 그러다보니 거기서 빠져나오기가 굉장히 어려워지고 말았어요. 산업이 유용성과 이렇게까지 밀접한 관련이 없었다면, 즉 거기서 정말로 자유로웠다면, 자연과학은 이미 오래전에 다른 것이 되어 있었을 겁니다. 자연과학에서도 전혀 다른 논의가 이뤄졌겠죠. 하지만 어떤 연구자도 은연중에 연구소에 들어가는 예산을 따져보게 되고, 그러면서 시장경제에 유효한 제품을 제공하지 않으면 안 되는 상황에 놓입니다.

더 나쁘게는 국가 연구비는 대개 군사 기계 발명에 들어가죠. 그래서 원자물리학은 원자폭탄의 개발과 떼려야 뗄 수 없는 관계에 있는 겁니다. 이후 평화적으로 활용할 수 있을지 의문이 제기되기도 했지만 어쨌든 원자폭탄이 개발된 것은 제2차 세계대전 중이었죠. 많은 영역에서 비슷한 예를 찾을 수 있어요.

이는 아주 치명적이고 난감한 관계입니다. 왜냐하면 경제 시스템이 바뀌지 않으면 사람들의 세계관도 바뀌지 않을 것이기 때문이죠.

　　시스템이 그렇게 강제하는군요……

맞아요. 시스템은 방향성을 가지고 강제하죠. 정신적으로 결정되기 훨씬 전에, 이미 경제적 이득이 있는 쪽으로 정해집니다.

　　악순환이군요.

맞아요. 일종의 기적이 일어날지, 아니면 대파국만이 남아 있는 악순환일지.

　　기적보다는 대파국 쪽일 것 같습니다.

이번 세기에 진로를 바꿀 기회는 몇 번이나 찾아왔어요. 제1차 세계대전은 경제적인 파국이었죠. 제2차 세계대전은 그보다 더 큰 경제적 파국이었고요. 그런데도 인간은 파국을 맞기 직전에 멈췄다가, 전쟁이 끝난 후 바로 그 지점에서 다시 시작했어요. 동일한 관점을 견지하며 기존과 같은 경제생활을 재건하려 했습니다. 지금도 여전히 자유시장 경제의 방식, 그러니까 미국의 이념대로 흘러가고 있는데, 종국에는 반드시 인류에게 행복을 가져올 거라 믿어 의심치 않죠. 내가 경제에 관심을 갖는 것도 이 때문이에요. 한쪽을 실현하려면 다른 한쪽도 꼭 있어야 하는 법입니다. 그럼 뭐부터 시작하면 좋을까요. 하나의 치명적인 순환의 시작점은 어디일까요. 곰곰이 생각해보면 인간의 사고에서 비롯되는 걸 알 수 있죠.

하지만 그것이 가능한가요?

사고의 벽에 부딪히지 않는다면, 이론적으로는 달라질 수 있어요. 인류 대부분은 새로운 세계관을 발전시키고 싶어하니까요. 하지만 문제는 언제나 너무 빨리 꺾여버린다는 거예요…….

새로운 가치관을 인간이 (자기 힘으로 물건을 만들듯이) 만들어내는 것도 쉬운 일이 아니군요.

당연히 몇 세대를 거쳐야 하는 일입니다. 삶의 방식으로 자리잡아야 하니까요. 그저 머릿속에 머무는 생각만으로는 안 돼요. 정말로 피가 흐르는, 삶의 방식이 되어야만 합니다. 즉, 신체성으로 거듭나야 해요. 정신성만으로는 어려워요.

물건이 어떻게 보이느냐는 보는 사람의 태도만의 문제가

아니라 그것을 비추는 빛에 달려 있기도 하잖아요. 가령 자연인과 우리는 물건을 보는 방식에 차이가 있다기보다 물건 안에서 드러나는 빛 자체가 다른 것이지 않을까요. 우리의 영향력 밖이라는 말인데, 결국 아무것도 할 수 있는 게 없다는 말이 되어버리네요……

'엔데 카발라에'는 이차크라는 인물이 나와요……

이차크요?

구약성서나 신약성서에는 사실 이치에 맞지 않는 얘기가 줄줄이 나옵니다. 이삭은 아브라함의 아들입니다만, 이삭이라는 이름을 그대로 번역하면 '웃음(웃어버림)'이에요. 아브라함의 아내 사라에게 천사가 나타나 약속의 아들을 임신할 거라 알려주었을 때 이미 아흔 살이었어요. 그래도 자식을 낳는다고 하자 사라는 문 뒤에 서서 웃습니다. 왜 웃느냐고 천사가 묻자 사라는 이렇게 대답해요.
"저는 이제 아흔 살입니다. 어떻게 자식을 얻을 수 있겠습니까?"
하지만 있을 수 없는 일이 일어났죠. 사라는 이삭을 임신했습니다. 같은 이야기가 다른 형식으로 신약성서에도 나와요. 처녀

1991년. 노이슈반슈타인 성에서.

가 아이를 가졌습니다. 말이 안 되는 일이죠. 이성이 있는 사람이라면, '음, 사생아인가'라는 생각이 먼저 들겠죠. 다들 속임수라 여길 겁니다. 절대 불가능한 일이니까요. 하지만 일어났습니다. 이차크/이삭의 원리에서는 몇 번이고 가능한 일입니다…….

갑작스러운 출현이에요. 정신세계에서 뭔가가 돌연 나타나더니 물적 세계로 들어옵니다. 뭔가 마치 예상하지 못한, 원인과 결과의 관계로는 전혀 설명되지 않는 것이에요.

그런 의미에서 지금 논하고 있는 생각, 즉 인간의 재량으로 악순환을 끊어낼 수 없다는 생각은 이미 그 자체로 위험합니다. 이 또한 원인과 결과의 관계에 머물러 있다는 얘기니까요. 하지만 여기서 이 갑작스러운 출현, 다시 말해 이차크의 존재를 인정한다면 세계의 역사는, 이 세상만으로는 설명되지 않겠지만, 그럼에도 전기轉機를 맞을 거라는 기대를 걸 수 있어요. 설명할 수는 없지만, 그래도 일어나는 전기 말입니다.

절대자는 외적인 지각세계로 갑자기 출현할 수 있기 때문에, 인과 논리 밖에 있고, 단번에 다른 기초 위에 모든 것을 둡니다. 그게 어떤 것인지는 그 전에는 알 수가 없어요. 당연한 겁니다. 바로 그 점이 본질이니까요. 말이 안 된다고 생각하겠죠. 마치 거짓말 같은 것이 그 본질입니다.

무無에서 뭔가가 생겨나는 창조의 순간처럼요…….

그렇습니다. 무에서. 적어도 물질적인 의미에서는 그렇죠. 완전히 새로운 것이 갑자기 나오니까요. 모든 것이 새로운 기초 위에 설 것입니다.

인간에게는 그것을 가질 능력이 있을까요?

네, 인간에게는 그럴 능력이 있습니다. 그것이야말로 인간의 특질이니까요. 세상의 다른 어떤 존재도, 말하자면 자신의 인과적인 순환에 갇혀 있습니다. 동물도 그래요. 사자가 갑자기 내일부터 채식을 하겠다고 스스로 결정하지 못하죠. 사자는 그러지 못하지만 인간은 할 수 있어요. 채식주의자가 되라는 얘기가 아닙니다. 그러니까 인간은 갑자기 전혀 새로운 자세를 취할 수 있다는 말이에요. 새로운 사고도 가능하고요. 새로운 작용이 일어날 수 있다는 말을 하고 싶네요. 자기 속에서 창조적으로 행해지는 거죠. 정신세계에 이미 존재하는 것이라 여길 수도 있는데, 그것은 또 다른 문제입니다. 그런 식의 사고는 다시 원인과 결과의 인과 논리로 돌아가는 것이나 마찬가지예요…….

*

교육상 어린이들이 아름다운 시를 암송하게 하는 건 좋다고 생각해요. 설명은 필요 없겠죠. 시 암송이 나에게 얼마나 소중한지 요즘 절실히 느끼고 있거든요. 밤에 침대에 누워서 예를 들면 실러의 시를 읊조립니다. 시를 많이 기억하는 편이에요. 그리고 얼마나 위대한지 늘 새록새록 깨닫습니다. 정말 멋들어진 시라고 생각해요…….

제4장

꿈에 관하여

1992년. 가나자와 겐로쿠엔에서.

작가님은 자다가 꿈꾸는 걸 좋아하나요? 평소 꿈을 자주
꿉니까?

그런 편이에요. 꿈은…… 제 꿈은 대부분 매우 초현실적이에요.
꿈에 관하여 여러 사람과 이야기하면서 알게 된 것인데 다들 굉
장히 현실적인 꿈을 꾸더라고요. 정도의 차이는 있지만 실제 일
어나는 일이나 일상생활의 연장선이었어요. 저는 그런 꿈은 꿔
본 적이 없어요. 제 꿈은…….

　그럼 꿈을 꿀 때 그게 꿈이라는 걸 알고 있나요?

네, 그렇긴 하지만 꼭 그런 건 아니에요. 그건 그렇다 쳐도……

사람들과 무슨 꿈을 꾸었는지 이야기하다보면, 주로 나오는 게 '카우핑거 거리(뮌헨의 쇼핑 거리)를 걷다가 거기서 이것저것을 사고 ×× 부인과 만나서 이런저런 걸 하고……' 등등 일상에서도 일어날 수 있는 일이죠. 즉 외적인 관점에서 일어날 수 있는 꿈이에요. 그런데 제 꿈은 늘 환상적입니다. 늘 어딘가 은유를 담고 있어요.

잠에서 깼을 때, 어떤 꿈을 꾸었는지 기억하나요?

요즘은 잘 기억나지 않지만……. 하지만 꿈을 적는 게 습관이었던 적도 있어요. 침대 옆에 메모장을 두고 자다가 꿈을 꾼 뒤에는…… 훈련이 좀 필요한데요, 눈을 뜨자마자 최소한 두세 개의 키워드를 적어둬요. 그리고 다음 날 아침에 키워드로 꿈을 재구성합니다. 키워드가 세 개라고 치면, 그걸 읽으면 꿈이 떠오르거든요. 꿈 일기라고 이름을 붙이고는 몇백 개나 되는 꿈을 기록해두었죠. 훈련으로 가능합니다. 계속 꿈과 관계를 이어가는 것이죠.

나중에 다른 것에 흥미가 생겨서 그만두긴 했는데, 그렇게 하면 꿈도 무의식 속으로 스며들어요. 다음 날 떠올려보면, 모두 어딘가 신기하게 은유적인 꿈이었으니까요. 항상 꿈에는 이상한 여행이나 기묘한 만남, 진기한 형상 같은 것이 등장했어요.

요즘 들어 다른 행성으로 여행 가는 꿈을 자주 꿉니다.

　꿈나라의 여행가, 막스 무토의 이야기(『자유의 감옥』에 수록) 같네요?

진짜 그래요. 정말로 놀라운 이야기입니다. 저는 어딘가 중앙역 같은 곳에 서 있어요. 하지만 계속 멀어지죠…….

　'역'이라는 세계도 작가님에게는 일종의 키워드군요.

역과 축제의 도시가 그렇죠. 굉장히 많은 사람이 있어서 굉장히 풍요로운 곳…… 최근에 꾼 꿈에는 사람으로 가득했습니다. 이튿날 잠에서 깼을 때 피곤할 지경이었어요. 꽤 많은 사람이 또 제 꿈속을 돌아다녔거든요. 아직 젊었을 때, 그러니까 어린 시절에 꾸었던 꿈을 다시 꾸고 싶을 때가 종종 있답니다. 끝없이 펼쳐진 경치가 저 한 명을 위해 존재하는 꿈이었죠.

　어린 시절에 그런 꿈을 꾸었나요?

네, 어렸을 때요. 정말로 경치가 장대했습니다. 거기에 저는 혼자 서 있었고……. 어쩌면 꿈속에 등장한 건 노인일지도 모르겠네요. 하지만 늘 몇백 명이나 되는 사람으로 가득했어요. 사람이 떼 지어 모인 도시였습니다.

단편 「여행가 막스 무토의 비망록」에서 묘사한 정경은 굉장히 환상적이었습니다. 내용까지는 아니더라도 거기서 풍기는 분위기는 작가님의 꿈과 비슷한 건가요?

네, 그렇다고 해도 전혀 이상하지 않죠. 가령 모자는 늘 한 방향을 향해 있어요……

자기력 때문에 늘 한쪽을 향해 있는 그 모자 말이군요…….

……화석이 된 부부라든지. 그런 꿈을 꾸죠. 일종의 은유입니다. 제 꿈에 나오는 것은 언제나 현실에서는 결코 볼 수 없는 몹시 이상한 것들이에요.

꿈속에 등장하는 인물들은 어디서 온다고 생각하세요? 작가님이 이전에 생각한 적이 있거나, 읽었거나, 본 것은 아닌 것 같은데요?

물론 가끔은 기억도 꿈에 나옵니다. 깨어 있을 때의 현실에 충실한 매우 선명한 내용이죠. 그리고…… 당시에 읽은 내용도 꿈에 나오지만 주로 깊이 잠들어 있을 때 꾸는 꿈일수록, 제 경우는 이른 아침이 그런데요, 5시나 6시경이요……. 그쯤에는 과거의 일보다는 항상 은유가 담긴 꿈을 꿔요. 꿈에서는 불안한 적이 거의 없어요. 그건 지금도 그래요. 정말 어쩌다가 있는 일이죠.

그럼, 무섭다고 느낀 적은 있나요?

주로 어린 시절에요. 굉장히 무서운 적이 있었어요. 하지만 또 한편으로 그때는 매우 웅장한 꿈도 꿨습니다. 커서는 그런 꿈을 꾼 적이 없어요.

어떤 꿈이었나요?

음, 천지창조요. 거대한 천지창조의 파노라마로 소름이 돋았습니다.

천지 창조란 구약성서의 창세기와 같은…….

맞습니다. 창세기예요. 예를 들면 태양이 창조되는 꿈을 꿨죠. 수없이 많은 '존재'로 이루어진 우주가 펼쳐져 있고, 거기에 우주의 거대한…… 마찬가지로 수없이 많은 '존재'로 이루어진 어두운 공간에 녹색의 구체球体가 자리하고 있습니다. 자전하는 이 구체도 역시 '존재', 즉 천사와 같은 '존재'로 만들어져 있어요. 이 모든 광경은 굉음과 함께…… 천지가 요동치는 소리와 함께 있었죠. 나는 몇 날 며칠 가슴이 벅찼습니다. 바로 이 꿈 때문에요. 흥분의 도가니에서 헤어나지 못했어요…….

꿈을 꾸는 행위는 인간이 지닌 능력이라고 할 수 있을까요? 말하자면 인간의 기본적인 능력일까요?

저는 꿈이란 대부분이 오컬티즘〔신비하고 초자연적인 현상이나 숨겨진 힘 따위를 추구하거나 연구하는 일〕이며, 아스트랄체〔물질로서의 인체를 둘러싼 영적 육체〕의 체험이라 봅니다.

아스트랄체는 뭔가요?

그러니까…… 최근 카발라에서 찾아낸 것인데요, 일종의 원지식과 같은 것이 있어요. 사람은 신체만 있는 게 아니라는 지식이죠. 서로 포개지는 더 많은 것이 있다는 사고입니다…….

과거의 체험을 말하는 건가요?

아니, 그게 아니라요. 우선 물질체가 있습니다. 그리고 에테르체가 있어요. 에테르적인 신체를 뜻하죠. 에테르체는 생의 과정을 담고 있으며 물질체는 그 덕분에 살 수 있습니다. 다음으로 아스트랄체가 있어요. 즉 별의 체인데요, 옛날 사람들은 잘 알고 있었던 것 같아요. 오늘날에도 많은 사람이 자각하고 있죠. 이른바 체외 체험에 관한 연구가 많은 걸 보면 알 수 있습니다. 그러니까 아스트랄체를 의식하는 사람들이 늘어나고 있다는 증거예요.

*

다음 날 아침에 기억나는 꿈은, 그 꿈속에서 내가 꿈을 꾼다는 걸 인식했던 적은 한 번도 없었어요. 꿈속에서는 모든 게 당연했으니까요. 어디서 들은 적이 있는데…… 어떻게 보면…… 훈련으로 가능한 것 같다고 하더군요. 꿈속에서 꿈꾸고 있다는 사실을 의식하는 법을 배우는 거죠. 그리고 그 꿈을 어느 정도 조타操舵하는 것도 가능한 것 같더군요.

하기야 저는 제대로 된 적이 없지만요.

사실은…… 다음 책으로 할 작정이었어요. 더 쓸 수 있을지 어떨지 모르겠지만요……. 한 번 더 『끝없는 이야기』와 같은 장

편이 되겠죠. 제목은 '꿈을 훔치는 도둑'으로 정했습니다.

　　'꿈을 훔치는 도둑'이요?

네. '꿈을 먹는 난쟁이'는 일본 이야기죠. 아동 도서라서 미소를 짓게 만들더군요. 바크는 아주…….

　　'꿈을 훔치는 도둑'은 어떤 이야기인가요?

긴 이야기입니다. 꿈을 훔치는 도둑이란 다른 사람의 꿈을 훔칠 수 있는 사람이에요. 하지만 그 대가로 자신의 꿈을 팔아야 합니다. 자신의 꿈, 그 꿈의 세상을 빼앗기는 거죠. 대신 다른 사람들의 꿈에 도둑으로 들어가는 능력을 얻어요. 이로써 항상 바라던 것을 모두 손에 넣을 수 있게 됩니다. 소위 재산이나 건강, 애정 따위를요. 하지만 정작 자신은 더 이상 꿈을 가질 수 없기 때문에 모든 게 무가치해져요

　결국, 우울한 이야기입니다…….

　하지만 다른 사람의 꿈에 몰래 들어가는 것으로도 얼마든지 재미있는 상황이 펼쳐지죠. 그리고 자신의 꿈을 파는 것부터…… 그는 도둑이 많은 환경에서 나고 자랐지만, 자기 꿈과 현실을 혼동해서 결국 도둑질에 실패하고 맙니다. 게다가 꿈을

꾸지도 못하게 되죠. 그가…… 자신의 꿈의 세계를 팔 때 비로소 성공합니다…….

이제 꿈을 꿀 수 없기 때문입니까?

그래요. 꿈이란…… 꿈이란 사실 내면의 가치세계 전체에 대한 은유입니다. 우리 삶에 부여되는 의미를 뜻하죠. 우리가 세상에서 의미 있다고 여기고, 이해하는 것은 사실 이 세상에서 비롯된 것이 아니에요. 그건 우리 속에서 나온 겁니다. 우리는 어떤 행위는 고귀하게, 또 어떤 행위는 고귀하지 않게 여기죠. 돈에 가치를 두는 것도 모두 우리 자신에게서 나오는 겁니다. 그것이 우리 속에 있는 형상과 맞아떨어지기 때문이에요. 그 형상은 인간 속에 깊숙이 자리잡고 있어요.

이것은 사실 삶에 가치를 더해주는 꿈이에요. 희망으로서의 꿈뿐만 아니라 무서운 꿈도 거기에 속합니다. 꿈이란 인간의 삶에 가치를 되돌려주는 것, 그 자체니까요. 물론 내 속에 있는 가치의 실현을 포기하면 오히려 성공은 쉬워요. 뭐든 손에 넣을 수 있죠…….

아주 재미있는 이야기군요.

꽤나 많은 이야기가 있는데, 아직까지 쓰지 않고 머릿속에 간직해두었어요. 이야기의 어조가 완전히 새로워야 한다고 생각했거든요. 『끝없는 이야기』처럼 비교적秘教的인 울림이 있는 어조는 안 돼요. 그것보다는 말하자면, 즐겁고 밝아야 해요. 글 전체가 재치 넘치고 유쾌한 어조 말이에요. 왜냐하면 주인공은 일종의 버스터 키튼〔1920년대 미국 무성영화 시대의 영화배우로 채플린이나 로이드에 버금가는 희극 배우〕이어야 하니까요. 공감할 수 없는 인물이면 안 되고, 동정이 가는, 어딘가 모르게 몰입하며 읽게 되는 인물이요. 마지막에 모든 것을 손에 넣지만 이제는 영혼을 잃어버리게 되어 동정을 받는 주인공이요.

이 이야기의 끝에 반전이 있기를 바라지만, 쓰다보면 저절로 그렇게 되리라 생각해요. 다만 어떻게 전개할지는 아직 모르겠어요. 이번 것은 그저 쓸 수 있기만을 바랍니다.『끝없는 이야기』에서도 어떻게 끝날지 몰랐거든요. 마지막 장까지 환상세계의 출구를 몰랐으니까요. 쓰는 도중에, 그러니까 쓰면서 비로소 알게 된 거예요. 그래서 이번 이야기의 마지막도 아마…… 그다지 나쁘지 않은 방식이 되겠죠……. 이런 책은 결국 어딘가 역시…….

하지만 어쩌면 쓸 수 없을지도 모르겠군요.

제5장

죽음에 관하여

뮌헨. 숲의 묘지.

……진실을 말하자면, 우리는 일생 동안 점점 죽어가고 있는 겁니다. 태어난 그 순간부터요. 젊을 때는 잘 알지 못하죠. 하지만 우리에게 의식이 있는 건 각성하고 있을 때, 적어도 신체에서 극히 미세한 파괴가 계속해서 일어나기 때문에 가능한 거예요. 그러니까 생각을 하고 있을 때는 동시에 몸속에서 뭔가가 파괴되고 있는 겁니다. 신체의 힘을 소비하니까요. 그리고 그것은 (가치의 의미에서 말하는 게 아닙니다) 인간 속에 존재하는 죽음의 힘입니다. 죽음의 힘은 초월적인 것으로 삶의 힘과는 다르며, 매우 새로운 방식으로 작용합니다.

　굉장히 흥미로운 발견인데요, 가령 훌륭한 예술가나 위대한 시인이 언제 작품을 남겼는지 찾아보면 꽤나 재미있어요. 노발리스〔독일의 초기 낭만파 시인, 1772~1801〕를 보자면, 그는 요절했습니다. 그러니까 그의 창조적 능력은 전부 청춘의 힘에서 나온 것이죠. 그 능력을 다 썼을 때 죽은 겁니다.

그런 예술가들이 적지 않죠.

모차르트도 그렇죠.
　그런가 하면, 서른다섯인가 마흔 살에 처음으로 재능이 싹튼 예술가도 있어요. 그 나이에 죽어가는 힘으로 갑자기 창조적이 된 겁니다.

그것은 전혀 다른 힘인가요?

아주 다릅니다. 완전히 반대 방향을 향하고 있으니까요.

그렇지만, 양쪽 다 창조적이군요.

네, 모두 창조적인 힘입니다. 그렇지만 한쪽은 소위 신체성에서 오는 힘이고, 다른 한쪽은 그 반대인 탈신체화(물질적인 신체성을 잃는 것)에서 오는 힘이죠.

탈신체화라면, 정신적인 힘을 의미하나요?

그렇긴 한데, 물론 여기서 조심해야 할 것은, 노발리스의 청춘의 힘이 정신적이지 않다는 말이 아니에요. 모차르트도 마찬가지고요. 이렇게 보면 어떨까요. 탈것의 차이지요. 이를테면 운반 수단이 다른 거예요. 운반 수단이 다르기 때문에 거기서 창조되는 것도 강조점이 다르고, 때로는 질이 다른 거죠. 어느 쪽이 더 질이 좋은지, 나쁜지의 문제가 아니라 그저 다른 것일 뿐입니다.

현대는 아무도 그런 것에 신경 쓰지 않아요. 어디까지나 외적인 것에만 발달의 이상을 둡니다. 모든 것이 직선으로 발전해간다고 생각하니까요. 인류는 항상 미개의 형태에서 고도의 형태로 발전해간다고 여깁니다. 적어도 문화에 관해서는 이 말이 틀렸다는 게 불 보듯 뻔하지요. 이집트 문화가 가령 고딕 문화보다 수준이 낮다고 할 수 있나요. 그냥 다를 뿐이에요. 말하자면, 문화는 있지만 발전은 없는 겁니다.

예술도 마찬가지예요. 청년기에 쓴 것이 천재적일지는 몰라도 황혼에 쓴 것과는 성격이 완전히 달라요. 음악도 그래요. 하지만 그건 발전이 아니에요. 변화입니다. 운반 수단이 바뀐 거죠.

그런데 이상하게도, 현대사회에서는 노년기를 높게 평가하지 않아요. 그보다는 신체성이 최고조에 이른 청년기를 삶에서도 최고의 시기로 찬미하는 듯합니다. 여기서도 물질주의의 요소를 엿볼 수 있는데요…….

요컨대 현대는 늘 신체적인 능력만을 중시해왔습니다. 지적인 능력조차 결국은 피트니스 능력인 셈이죠. 우리 사회 전체가 그렇습니다. 2~3년 전에 어느 저명한 과학자와 이야기를 나눈 적이 있어요. 한때 하이젠베르크〔독일의 이론 물리학자〕 조수였던 이 과학자는 당시에 가르힝 연구소 소장이었습니다. 그는 이런 말을 하더군요. "서른다섯, 마흔 살 정도부터는 매년 새로운 발견에 매달리는 게 점점 힘들어지더군요. 아직 젊었을 때는 자연 속으로 들어갔습니다만 나이를 먹으니 매번 공부하지 않으면 안 되더군요. 그렇게 되니까 새로운 연구에 몰두하는 것만으로도 힘에 부칩니다."

이런 걸 보면, 현대의 문화 산업이나 학술 산업에서 발견은 사실 신체적 피트니스가 필요한 것이지 예지가 필요한 것은 아닌 셈이죠. 지혜로운 노인이 어린아이의 언어로 지혜를 표현할 수도 있어요. 노인의 말에 지혜가 들어 있다는 걸 모르는 사람은 그저 노인이 이제는 어린애처럼 되어버렸다고 하겠죠. 그 노인은 자신이 젊은 시절과는 전혀 다른 방식으로 말하고 있다는 걸 자각하지 못하게 돼버린 거예요. 우리 시대가 젊어진 커다란 핸디캡이라 생각해요. 그래서인지 노인들도 언제까지고 최대한 젊음을 유지하고 싶다는 괴이한 시도를 하는 겁니다. 눈 뜨고 봐주기 힘들 때가 있죠.

오늘날에는 여성들의 자기 해방이 자칫 남성을 목표로 하는 경우가 있는데요, 안타깝게도 자기 자신의 본질에 다가가는 것이 아니라 어떤 이데올로기를 앞세우는 일이 흔하게 눈에 띕니다.

네, 그래요. 언제나 능력 중심이죠.

늘 새로운 것을 요구하고 늘 새로운 것이 좋다고 합니다. 모든 것은 항상 발전한다고, 일직선으로 계속해서 발달한다고 믿는 거예요. 그러니 새로운 것을 추구하는 것 말고는 의미가 없어지죠.

그래요. 언제나 새로운 것, 결국은 기괴한 것까지도……. 예를 들면 뭔가 새로운 세제가 시장에 나오면—약국의 점원과 이런 대화를 나눈 적이 있어요.

"너무하네요. 모두 똑같고, 상품명만 다를 뿐인데."

점원은 대답하기를

"우스운 얘기 같지만, 토요일 저녁에 텔레비전에서 상품 광고가 처음 방송을 탔는데 월요일 날 매대에 그 상품이 없으면 주부들은 화를 내요."

주부들은 새로운 세제를 사려고 서둘러 옵니다. 새로운 세제가 전에 것보다 좋을 거라는 생각 때문이죠…….

다시 돌아가서요, 작가님은 나무에서 잎이 떨어질 때, 거기에는 다른 힘이 있는 거라고 이야기한 적이 있는데요, 이때 다른 힘은 뭔가요?

외적으로 보자면, 그것은 죽어가는 과정입니다. 그러나 안에서 보면, 나무 속에서 전혀 다른 힘이 나오는 것이죠. 그러니까 봄부터 여름까지 나무 속에서 우주를 향해 발했던 힘이 가을에는 거꾸로 향합니다. 우주에서 대지의 안쪽을 향해 나무의 뿌리를 타고 들어가요. 예를 들면 정원을 가꾸면서 나무를 새로 심어본 사람이라면 다들 알고 있을 텐데요, 나무는 최대한 늦은 가을에 심는 게 좋아요. 힘이 나무뿌리로 들어가고, 대지로 향하는 시기이거든요. 봄에 심긴 나무는 약합니다.

말씀하신 대지란 무엇인가요? 근원과 같은 어둠은요?

이 어둠은…… 이로써 음과 양이 됩니다. 물론 어둠 속으로 들어갑니다. 숨은 쪽으로 들어가서 형태를 만들어내면서, 즉 꽃과 과실 그리고 잎에 모습을 드러내는 힘은 외적으로는 사라지고 말아요. 외적으로 더는 존재하지 않기 때문에 힘은 자유로이 안

1994년 이른 봄. 뮌헨에서. 왼쪽부터 마리코 부인, 엔데, 다무라 도시오, 시이나 도모코.

으로 들어갑니다. 또 거기서 형태를 만들고 변용합니다.

인간의 생애도 똑같지 않을까요. 말하자면 정신화하는 과정인 셈이죠. 죽음으로 향하는 과정은 어쩌면 모두 정신화하는 과정이지 않을까요. 순수하게 생물학적인 의미에서도 그렇습니다만, 힘을 풀어놓고, 더욱 정신적인 현실 속으로 이르게 하는 과정 말입니다. 이 힘이 뭔가(외적인 것)를 구축하고, 외적인 형태를 만드는 데 사용될 때보다 더 정신적인 현실로 해방되는 과정을 의미합니다.

사실 삶이란 숨을 내쉬고 들이마시는 과정의 무한 반복입니다. 외적인 모습에서 나와 정신적인 것으로 향하는, 다시 말해 외양을 벗어나는 과정인 셈이죠. 그러니 가을은 가장 정신적인 계절이 됩니다. 이 계절에는 외적인 모습은 사라지고, 자연의 정신성이 활발해지니까요. 하지만 눈에 보이지 않아요. 외적으로 볼 수가 없습니다.

다들 자연이 여름에 눈뜨고 겨울에 잠든다고 생각하지만 제 생각에는 그 반대입니다. 오히려 자연은 여름에 잠들어요. 그리고 우리가 자고 일어날 때와 똑같은 일이 자연에도 벌어집니다. 그러니까 모든 힘은 회복을 향하죠. 외적인 형태를 다시 만들어냅니다. 누구나 잠을 통해 체험을 하는 것처럼요. 잘 자고 나면 체력이 회복되니까요. 그리고 눈을 뜨는 순간부터 체력은 점점 소진되어갑니다. 그러니까 겨울에 자연이 가장 많이 깨어 있는 거죠…… 정신적으로 보면요. 그리고 봄이 오면, 자연은 점점 잠에 빠져들어 외적인 모습으로 옮겨갑니다. 소위 꿈을 꾸는 거예요. 여름은 사실 자연의 광대한 꿈에 불과해요. 우주적 규모의 꿈인 거죠. 그리고 겨울에 가장 깨어 있고요.

모습을 얻는다는 건 바깥으로 표현된다는 것이군요.

맞아요. 카발라에서는, 세상의 이원성이란 사실 이 드러나고 가려지는 것이 영구히 교차하는 것이라고 말합니다. 흥미롭게도 고대 헤브라이 사상에서는 그것이 남성성, 여성성과 같은 뜻이에요. 남성적인 것은 숨은 것을 의미하죠. 남성, 여성이라는 말이 아니라, 남성적 원리라는 말입니다. 반대로 여성적 원리는 모습을 드러내고, 그리고 그 모습으로 숨은 걸 덮습니다. 즉, 여름에 나무는 이른바 드러나는 모습으로 숨은 것을 에워싸고 겨울에는 드러난 모습을 잃고 완전히 숨죠.

구약성서의 첫 구절인 "태초에 하나님께서 하늘과 땅을 창조하셨다"를 이렇게 번역해도 좋지 않을까요?

"태초에 하나님은 안과 밖을 창조하셨다."

여기서 하늘이란 남성적인 것, 숨은 것, 안을 나타내고 땅은 드러난 것, 밖을 가리킵니다. 덧붙여서 이 '태초에……'는, 사실은 정확히 번역하면 '중요한 것으로서in der hauptsache'인데요, 라

틴어의 'in princípio'가 의미하는 쪽이 맞을 거예요. 잘 생각해보면 안과 밖의 차이가 분명히 모든 의식의 시작이죠. 안과 밖의 구분이 없는 건 상상이 가지 않으니까요. 그런데 가령 불교에서는 안과 밖이 나뉘지 않은 상태가 있습니다. 바로 니르바나(열반)죠. 니르바나에 들면 안과 밖이 갈리지 않아요. 그런 구분은 없어져요. 불교에서는 니르바나, 선禪에서는 무無라고 하지요. 말로 나타낼 길이 없군요. 그걸 표현할 수 있는 말이 없거든요. 아무것도요. 논의를 해본들 방법이 없으며, 불가능한 일입니다. 모든 현상에 앞선 근본 상태니까요. 그리고 우리가 세계라 부르는 것, 혹은 개별 의식은 사실 항상 내부와 외부를 체험하는 데서 시작됩니다. 무엇보다 이 두 가지는 합치되지 않아요. 이원성 안에 있으니까요.

진실을 찾는 우리의 노력은 모두 외적 감지를 내적 체험과 합치시키는 시도의 연속이죠. 사고의 근거란 바로 이걸 말하는 겁니다.

    그렇군요. 인간을 소우주로, 외적 세계를 대우주로 보고 그 조화나 상응관계를 묻는 것도 마찬가지겠네요.

네, 그 또한 근원적인 이원성에 대한 물음인 거죠.

여담입니다만, 외적인 것과 내적인 것의 통합이라는 개념은 서양 사상에도 있습니다. 연금술사들은 이를 두고 화학적 결혼이라 불렀죠. 화학적 결혼은 안과 밖이 더 이상 구별이 없는 완전한 합치나 다름없어요. 바로 연금술사들이 목표하는 바입니다. 연금술사들은 돈을 추구하지 않잖아요. 돈은 그저 이차적 산물에 불과하고, 제대로 자기 역할을 한다면 따라오는 것일 뿐이죠.

정통 연금술사 니콜라 플라멜은 자신이 벌어들인 돈이 모두 사람에게 돌아가게끔 했어요. 정작 본인은 가난한 생활에 만족한 거죠. 지금까지도 파리에 니콜라 플라멜이 출자한 자금으로 운영되는 병원이 있다고 어떤 책에서 읽었습니다. 당시에 플라멜이 설립한 병원이에요. 그러니까 돈을 사람들에게 나누어준 것이나 다름없죠.

훗날 연금술사들이 돈벌이로 연금술을 한다는 얘기도 있었죠. 그런 생각을 하는 사람이 있다니 머리가 어떻게 된 모양이에요. 사실 현자의 돌이라 불리는 연금술사들의 위업은 몇 개월에 걸친 명상입니다. 중단 없이 쭉 이어지는 명상으로 연금술사들은 레토르트 앞에 앉아서 명상 중에 일어나는 변화를 자기 안에서도 행합니다. 이 둘은 일치해야만 해요. 오로지 이를 통해서만 다음 과정으로 나아가야 할 때를 알 수 있거든요. 예를 들어 파라셀수스가 상세하게 기록해둔 것을 보면, 연금술사의 위업, 즉 현자의 돌을 만들어내려면 무엇을 해야 하는지 나와 있어요.

하지만 이상하게도 파라셀수스가 적어둔 대로 했지만 성공한 사람은 지금까지 단 한 명도 없습니다. 왜일까요?

표면적으로만 이해했기 때문이죠. 사람들은 파라셀수스가 전수한 방법대로 하면 똑같이 될 거라 생각한 거예요. 파라셀수스는 그게 아니라는 걸 보여주었습니다. 내적으로도 행할 수 있을 때에만 다음 과정이 시작되는 것이니까요. 우주의 조건까지도 따라야 합니다. 즉, 두번 다시 같은 것은 없어요. 항상 다른 법이죠. 기계적인 과정이 아닙니다. 2년이 걸릴 수도, 8개월이 걸릴 수도 있어요. 적어도 수개월이 걸립니다.

연금술사가 쓴 책을 읽은 적이 있는데요, 거기에는 연금술사 밑으로 들어가는 문하생에게 맨 처음 주어지는 과제가 나옵니다. 소금을 녹인 뜨거운 물잔을 앞에 두고 물이 식으면서 점점 소금의 결정이 생겨나면 연금술사는 이렇게 말해요.

"자, 이것을 당신의 마음속에서도 행하십시오. 완전히 같은 것을 마음속에서 함께 행하십시오. 그것이 되지 않으면 시작해봐야 아무 소용이 없습니다."

즉, 안과 밖에서 일어나는 것이 일치해야 한다는 거예요. 늙은 선승이 제자에게 한 말과 매우 비슷하죠. 궁술이나 그 외 다른 것들에서도 마찬가지입니다. 먼저 5년간 이것을 수행하라고 하지요……

아까 이야기한 '숨은 것' 말인데요, 이것은 인간의 죽음도 마찬가지겠죠? 이를테면 나무가 뿌리에서 대지로 돌아가 듯이요.

그렇습니다. 죽음은 삶에서 내가 내 신체에 행하는 파괴 행위의 총합이에요. 그러나 이 파괴 행위는 애초에 우리가 인간으로서 살아가게 하는 전제 조건이기도 하죠. 우리는, 우리 의식은, 사실 문자 그대로 말하면 죽음의 자식입니다. 의식을 발전시키기 위해서는 동시에 의식의 기초인 물질적 신체, 즉 물질적 뇌를 점점 더 파괴시켜가야 하니까요. 문득 전생의 개념이 떠오르는군요. 어느 특정한 긴 혹은 짧은 시간이 지나고 난 뒤 사람은 다른 모습으로 존재한다는 것인데요. 다른 관계 속에서 태어납니다. 물질적 세계로요. 다시금 새롭게……. 그래서인지 그 어떤 마술적 세계상에서도 달은 물질적 신체를 상징해요. 달은 차고, 또 집니다. 달이 져서 보이지 않는 동안 달에 무슨 일이 일어나는지 우리는 잘 몰라요. 초승달이 뜨면, 그러니까 아주 가느다란 초승달이 보이면, 전통적인 히브리 문화에서는 달의 등장을 독립된 두 명의 증인이 확증해야만 했어요.

그렇군요.

재미있죠. 달이 떴다는 것은 새로운 신체가 다시 나타났다는 뜻이거든요. 이 말은 곧 세간의 통설과는 다르게 유대 문화에 전생 개념이 있다는 것이죠.

어떤 의미에서는…… 여기서는 자연에서 이미지를 떠올려볼게요. 나무에서 잎이 떨어지고, 또 잎이 자라나는 식이 아니라, 씨앗을 만들어내는 나무를 생각해봅시다. 씨앗이 땅에 떨어지고 거기서 새로운 나무가 자라는 거죠. 씨앗은 문자 그대로 새로운 싹을 내기 전에, 사라져버리고 말아요. 자신의 내부 구조를 완전히 바꿉니다. 즉, 죽음으로 가는 과정인 거예요. 씨앗은 죽어버립니다. 그리고 죽어가는 씨앗에서 새로운 싹이 나와요.

그러고 보면 '죽음'에는 가장 근원적인 창조성이 있다고 할 수 있겠군요…….

우리는 여기서 생과 사는 하나이며, 결코 대립하는 것이 아니라는 옛 현자들의 말씀을 비로소 이해하게 됩니다. 생과 사는 하나예요. 하나로 연결된 존재의 과정, 즉 존재 안에 존재하는 과정인 거지요. 외적으로 볼 때만 시간상의 전후가 있는 겁니다.

외적으로 지각할 수 있는 방법은 시간밖에 없으니까요. 우리는 늘 그때그때의 형태를 지각합니다—지금은 씨앗만, 지금은 줄기와 잎, 지금은 꽃, 이런 식으로요. 하지만 사실 모두 같은 하나의 식물이죠. 그러니까 하나의 전체라는 말이에요.

그런데 우리는 이제 전체를 하나로 보는 능력을 거의 잃어버린 것 같습니다.

시간으로 제한된 사고 속에 침식되어버린 거죠. 시간을 뛰어넘어서 이 작은 꽃을 생각하는 것, 그 자체를 완전히 망각했습니다. 그것은 이미 오랫동안 어려운 일이 되어버렸어요. 어릴 적부터 그렇게 자란 탓에 익숙해져버린 거예요. 모든 것을 원인과 결과의 전후 관계로 따져서 생각하도록 배우며 자랐기 때문에 인과관계의 바깥에 존재하는 '동시同時'를 알 수가 없습니다.

식물을 하나의 전체적인 순환, 하나의 과정이라고 상상만 해보려 해도 우리 뇌신경은 끊어져버릴걸요. 식물은 하나의 과정이고, 여기에는 뚜렷한 질서가 있습니다. 그러니까 무질서하고 혼란스러운 과정이 아니라 똑 떨어지는 엄밀한 과정입니다. 식물 하나하나가 각각의 과정이지요. 바로 이 과정 전체를 봐야만 합니다. 왜냐하면 거기에 바로 최초의 단서가 있기 때문이에요. 그것은 이 세상의 전 존재를 향해 말할 수 있는 것이니까요…….

후기

1995년 초가을, 남독일 슈투트가르트 남부 교외의 한 병원에서 미하엘 엔데를 마지막으로 만난 것은 이 시인 작가가 타계하기 하루 전이었다. 심하게 야윈 엔데와 마주하고 있자니 무슨 말을 꺼내야 할지 입이 떨어지지 않았다. 엔데는 그런 나를 보고 침대에서 비스듬히 몸을 일으켜 "이제 말이 안 나오는군요……"라며 목을 쥐어짜듯이 소리를 내뱉었다.

나는 다시 말을 잃고, 그저 고개만 끄덕였다.

말하기, 이야기하기는 엔데에게 시적인 행위이자 본질을 이룬다. 엔데와 같은 사람에게 이 세계는 삼라만상이 말을 걸어오는 존재이며 그 세계의 기저에 항상 언어가 있다고 할 수 있다.

그런 복잡한 이야기로 들어가기 전에 엔데가 말과 이야기를 몹시 좋아했다는 사실을 기록해두고 싶다. 말할 것도 없이 그는 소설을 쓰고 이야기를 지어내는 재능을 타고났다. 그뿐만 아니라 친구나 지인들과 담소를 나누는 걸 좋아했다는 것도 밝혀두고 싶다.

엔데와 가까웠던 사람들은 그와 이런저런 이야기를 나누었을 것이다. 내게도 몇 번의 기회가 찾아왔다. 주로 엔데의 집 거실이나, 엔데 부부가 자주 가는 단골 식당에서였다.

한번은 말에 대해서 이런저런 이야기를 주고받다가 "일본어에는 조수사가 있어서 물건을 세는 법이 다릅니다"라고 내가 말을 꺼내자, 엔데는 마침 자신도 그 생각을 하고 있었다는 듯 눈을 반짝이며 "저도 그 이유가 궁금해요"라고 맞장구를 쳤다.

나는 엔데가 이렇게나 일본어의 세세한 부분까지 알고 관심을 갖고 있다는 것에 놀랐다.

엔데와 테이블에 둘러앉아 담소를 나누는 자리가 늘면서, 우리 대화가 일회성으로 사라지는 게 못내 아쉬웠다. 그저 잡담이어도 엔데와 이야기를 하다보면, 깊숙한 곳으로 내려가는 느낌을 받았다. 다행히 엔데 부부가 허락해주어 그 후로 함께 만날 때는 작은 녹음기를 챙겨갔다. 그렇게 기록한 이야기를 엮은 것이 바로 이 책이다.

엔데는 만년에 오랜 이탈리아 생활을 끝내고 뮌헨으로 돌아와 구시가지의 중심 마리엔 광장에서 걸어서 갈 수 있는 거리에 거처를 마련했다. 집은 건물의 꼭대기 층이었다. 집을 방문해서 이야기에 빠져 있다보면 어느새 해가 지고 조용히 땅거미가 내려앉았다. 주변은 점점 어둠 속에 묻히고 거실의 하얀 소파에 자리한 우리 공간만 은은한 빛 속에 남겨진 것 같았다.

하지만 그 후 엔데는 투병생활로 어쩔 수 없이 장기 입원을 해야 했기 때문에 우리의 만남은 주로 병원에서 이루어졌다. 병실이나, 병원의 작은 카페테리아에서 대화를 나눌 때면, 창밖에 쏟아지는 한여름 햇살이 유난히 쨍쨍했던 게 기억난다. 끝내 엔데는 회복하지 못했고, 유성처럼 생을 마감했다.

본문에도 나오는 내용인데, 시칠리아섬의 팔레르모에서 길 위의 이야기꾼을 만났던 일은 엔데에게 '이야기'에 관한 귀중한 체험이 되었다. 사회에 뿌리 내린 구성 요소로서 이야기를 접하게 된다. 아니, 좀더 구체적으로 설명하자면 이야기가 인간의 삶 속에서 숨 쉬고 있는 존재임을 경험한다. 여러 세대에 걸쳐 구전되고, 공원이나 돌층계 위에서 낭랑한 목소리로 읊어지면 아이도 어른도 귀족도 민중도 너 나 할 것 없이 귀를 기울이고 그 세계로 빠져들어버리니 말이다. 오로지 지식인을 위한 고답적인 작품이나 문학자와 비평가 같은 특정 독자만을 대상으로 하는 '문학'과는 차원이 다른 '이야기'인 것이다. 이 이야기는 사람들의 삶과 사회 구석구석까지 울려 퍼지는 체험의 장으로 기능한다.

젊은 엔데는 그런 이야기를 쓰고 싶었던 것이다.

당시의 엔데는 그와 같은 이야기의 부재를 절절히 깨달았다. 흔히 말하듯이 20세기는 이야기가 부족한 시대이니 말이다.

그 후 엔데의 생애는 그런 이야기를 찾아가는 탐험 그 자체라 해도 과언이 아니다.

여러 갈래로 퍼져나가고, 작자를 떠나 발전을 거듭하며 세대에서 세대로 구전되는 이야기. 그런 이야기는 어디서 생겨나는 것일까? 이는 현실의 시간 속에서 이야기되는 동시에 세속의 시간을 뛰어넘어 존재한다. 작가 한 사람의 머릿속에서 지적 조작을 통해서만 만들어지는 게 아니다. 무엇보다 엔데는 어딘가에서 들려오는 '소리'를 들으려 노력했다.

어딘가에서 들려오는 소리에 귀를 기울인다는 건 진정한 예술가라면 누구나 마땅히 행해온 것이다. 다만 현대에 와서 그런 자세는 이제 너무 고리타분하고, 구시대적인 것이라 취급당하며 뒤편으로 밀려나버린 것 아닐까. 그러나 엔데는 주저 없이 예로부터 예술가들이 해온 것을 계승하려 했다.

이 점은 아름다움에 대한 그의 자세에서 발견된다. 세상이 더욱더 실증적인 것에 열중하고, 혹은 추한 것, 가혹한 것이 더 현실을 반영하고 그만큼 진실에 가깝다고 여겨지는 풍조에서 엔데는 자신의 문학은 아름다움을 목표로 삼는다고 줄기차게 주장해왔다.

현대인들은 '아름다움'이라는 실체가 없는 것에 대해 서슴지 않고 말하기를 그만두었고, '아름다움'은 그저 로맨틱하고 부차적인 것일 뿐이므로 다 큰 어른이 진지하게 말할 거리는 아니라는 생각이 (특히 유럽에서는) 당연해졌다.

이렇게 현대와 동떨어진 엔데의 자세야말로 그만의 독특한 매력이기도 하지만, 그의 글쓰기활동을 현대 문학의 테두리 안에서 규정하기 어렵게 만들기도 했다. 하지만 엔데는 쓴웃음을 짓고 있을 것이다. 그는 문학 본래의 모습을 한 이야기를 자기 방식대로 찾고 있었기 때문이다.

엔데는 책 쓰는 일은 어른 아이 할 것 없이 누구에게나 존재하는 '영원한 아이'에게 말을 거는 것이라고 했다(「영원히 어리다는 것에 관하여」, 『엔데의 메모 상자』 참조). 엔데가 여기서 아이라고 부르는 존재는 사람들 안에 있는, 어딘가로부터 부여받은 것에 닿아 있는 부분이다. 아이의 거처는 보통 '마음'이라 불리는, 시간이나 생명의 근원일 것이다. 무엇인가 찾아오는 곳이자 영원한 미래, 그리고 인간의 가능성과 창조성이 깃든 곳 말이다.

그리고 그 아이는 놀고 있다고 엔데는 말한다.

엔데는 놀이에서 무엇보다 중요한 것은 자유로운 행위라고 여겼다. 놀이는 강제되는 게 아니기 때문이다. 놀이에서 사람들은 어떤 목적이나 세속적 의도를 지니지 않는다. 노는 것 자체가 의도인 동시에 목적이다. 그러니 외부에서 강제할 수 없다.

또한 놀이는 뛰어난 창조성을 갖는다. 놀이는 연결을 만들어 내는데, 놀이에 참여하는 자는 하나의 연결 속에 있으며, 하나의 세계는 아무것도 없는 곳에서부터 출현한다.

놀이의 자유와 창조성은 엔데가 이야기를 만들어낼 때 매우 중요한 요소가 되었다. 이야기도 하나의 연결이고, 하나의 세계를 만들어내는 것이기 때문이다.

그런 엔데는 이야기 속에 내재한 강제를 싫어했다. 원인과 결과의 인과 논리로 이야기를 끌고 가지 않은 것도 바로 그 이유에서였다. 인과 논리란 어떤 원인이 반드시 특정 결과를 가져온다는 것으로, 어찌 보면 어떤 원인이 특정 결과를 강제한다는 뜻이 된다(덧붙이자면, 엔데가 사실주의를 싫어했던 것도 같은 맥락이지 않을까. 작품이 어떤 하나의 현실을 그대로 찍어내면 낼수록, 독자에게 그 현실은 유일한 것으로 부여되고 만다. 즉, 그 현실을 강제당하는 것이다).

창조성을 논하자면, 엔데는 인과 논리에서 비롯된 창조성, 즉 원인이 결과를 낳는 것은 진정한 창조성으로 여기지 않았던 듯하다. 엔데에게 창조성이란 어디까지나 (이 세계로 보면) 아무것도 없는 곳에 존재자가 나타나는 것이다.

이처럼 실을 뽑아내듯 무無에서 이야기를 만들어내려 했던 엔데에게 이야기를 쓰는 행위는, 엔데의 말처럼 그야말로 모험이었다. 작자도 작중의 주인공과 같이 이야기의 규칙 안에서 이야기의 숲을 헤맸다.

이렇게 엔데는 자신이 지향하는 바를 찾아갔다. 작가가 공급하고 독자가 소비하는 것이 아니라 책을 읽는 독자도 모험길에 오르는 것 말이다. 즉, 엔데의 책을 읽으면 독자의 마음속에서는 체험의 장이 펼쳐진다. 그러한 체험의 최종 목표는 아름다움과 닿아 있지 않을까.

엔데에게 이야기란 시인이 저편에서 들은 것을 형상화하고 드러내는 것이었다. 나는 그렇게 생각한다. 거기서 우리는 '아름다움'이라는 가치를 구체화하고 이 세계의 의미를 그때그때 시간의 흐름 속에서 체험하게 되는 것이다.

그렇다면 엔데에게 이야기는 어디에서 오는 걸까. 나는 지금까지 저편(이 세계에서 봤을 때) 혹은 무라고 했는데, 엔데의 표현을 빌리자면 '또 하나의 세계' '숨은 측면', 다시 말해 정신세계를 의미한다. 엔데가 정신적인 것을 중시했다는 건 이미 다들 잘 알고 있을 것이다.

여기에는 정신세계를 대표하는 화가라 불린 아버지 에드가의 영향도 있을 것이다. 하지만 무엇보다 엔데가 '언어'를 무대로 삼은 시인, 작가라는 예술가이기 때문 아닐까. 언어는 정신적인 것이며, 모든 인간 속에 깃들어 있지만 동시에 누구의 것도 아니다. 엔데도 말했듯이, 어린아이는 누구에게 배우지 않고서도 언어의 의미를 이해하고, 또 언어를 통해서 여러 뜻과 의미에 연결된다. 다시 말해 '세계'에 닿는 것이다.

이야기가 세계를 만들어내는 건 바로 언어가 가진 힘 때문이다. 그렇기에 언어가 행하는 바는 물질로서는 확실히 이해할 수 없다.

엔데처럼 저편으로 귀를 기울이면서 이야기를 창조하려는 시인 작가에게 언어는 도구나 수단이 아니라, 여러 소리를 들려주는 주체 아닐까. 이는 우리 눈에는 신기하기 이를 데 없지만 엔데가 언어와 함께 놀고 언어에 경의를 표하며 언어를 사랑하고 아꼈던 이유일 것이다.

근대에서 현대에 걸쳐, 우리 역사는 물질적으로 큰 성과를 거두었지만 한편으로는 정신적인 것을 놓치고 살아왔다. 정신적인 것을 무시했다기보다 물질과 똑같은 것으로 여겼기 때문에 정신적인 것은 그 모습을 감춰버린 것이다. 잘 보이는 안경을 끼고 물건을 본다 해도 정신적인 것은 파악할 수 없다. 그렇게 보이지 않게 된 정신성은 저 건너편의 강가에 낀 안개처럼 자신의 존재를 지운다.

더욱이 엔데는 물건으로 넘쳐나는 물질 일변도의 세상에서 뜻이나 의미는 풍화되어버리고, 물질로 이해할 수 없는 아름다움이나 선과 같은 질적인 것은 그 어디에도 몸 둘 곳이 없어졌다고 판단한 것 같다. 그러니까, 그런 시대에는 무엇보다 엔데가 말한 이야기의 울림이 들리지 않게 되었다는 말이다.

그렇지만 엔데는 정신성이 가려지기 시작한 게 인류 역사에서 그리 오래되지 않았다고 생각했다.

그래서일까, 이야기를 위한 길을 개척하면서 엔데는 좀더 큰 간격으로 역사를 다시 읽어 내려가며, 정신세계와 단절이 일어나기 전의 시대로 유유히 다리를 놓았다.

요컨대 낭만파나 루돌프 슈타이너에 대한 엔데의 공감과 흥미는 무엇보다 당시 그들이 강하게 느꼈던 정신성의 위기와 이를 극복하려는 사고 간에 연결점이 된다고 생각한다.

그리고 오늘날까지도 이 문제가 결코 해결되었다고 말할 수 없으며, 오히려 반대로 점점 더 심각해지는 것을 보면, 엔데는 이미 우리 시대가 떠안게 될 커다란 문제까지도 염두에 두었음이 틀림없다. 엔데는 이를 '문명 사막'이라고 명명하기도 했다.

정신과 마음에 대한 의문은 이제부터 점점 더 중요해질 것이다. 물건에 둘러싸인 현대야말로 물건과 사귀는 법을 새롭게 발견해야만 하기 때문이다. 동시에 정신이나 마음과 사귀는 방법을 새로이 배우는 것이기도 하다. 하지만 정신과 마음에는 물건과는 다르게 접근해야 하고, 이 점을 간과해서는 안 된다. 즉, 우리는 정신과 마음의 소중함을 다시금 엔데에게서 배울 뿐 아니라 접근법 또한 배워야 하는 것이다.

그런 면에서 엔데가 역사에 놓았던 거대한 다리의 이쪽 편은 미래로 뻗어가는 지점이다.

엔데는 마지막까지 사고의 중요성을 강조했다. 인간에게 언어가 주어졌고, 동시에 이름을 붙이고 생각하는 역할도 부여받았다. 끝까지 생각하는 것, 그것은 인간으로서 역할을 충실히 이행하는 것이기도 하다.

그래도 인간은 유한한 존재라고 엔데는 말한다. '이삭의 원리'에서 엔데가 언급한 내용은 실로 인상적이다. 엔데는 정신세계는 이 세계의 시간 흐름에 얽매이지 않기 때문에, 정신세계와 표리일체인 이 세상에서는 느닷없이 견해나 사고방식이 바뀔 수 있다고 했다. 인간이 도무지 알 수 없는 부분인데 오히려 그렇기 때문에 희망이 있는 거라고도 했다. 엔데에게 현대사회의 현상은 거센 위기이지만 동시에 희망이기도 했던 것이다. 겨울의 한가운데서 봄이 오기를 참고 견디며 기다릴 수 있는 것은 눈발의 저편에서 봄의 발소리가 들려오기 때문이듯이 말이다. 그런 귀를 가진 시인 작가인 엔데는 인간과 이 세계에 흔들리지 않는 믿음을 품고 있었다.

이 책은 주로 『엔데 전집』(1996년 9월~1998년 3월, 이와나미서점 간행) 월보 『엔데의 마지막 대화』에 연재한 내용을 엮었다.

단, 「꿈에 관하여」와 「죽음에 관하여」는 『엔데의 마지막 대화』에 수록되지 않았다.

「꿈에 관하여」는 메모도 없이, 책장에 두었던 카세트테이프 하나에 녹음된 내용이다. 다른 이야기들과 같은 시기에 녹음한 것은 확실한데, 이 카세트테이프에는 날짜도 없고 번호도 없다. 마치 꿈속에 놔둔 채 잊고 온 듯했다.

「죽음에 관하여」는 일부러 월보에 싣지 않았다. 내용상 어울리지 않았기 때문이다. 하지만 제대로 된 형태로 남겨두고 싶던 차에 이번 책에 수록하게 되었다.

회복할 기미가 보이지 않던 엔데와 「죽음에 관하여」 이야기를 나누는 것은 매우 괴로운 일이었다. 독자 중에는 투병 중인 작가와 왜 굳이 그런 이야기를 했는지 의아해하는 사람도 적지 않을 것이다. 하지만 나는 이 주제를 이야기해야만 했다. 그래서 어느 날 마음을 먹고 엔데에게 "죽음에 관해서 이야기하고 싶어요"라고 말문을 열었더니, 엔데는 미소를 지으며 고개를 끄덕였다. 그의 표정은 밝았다. 이야기를 하고 싶어하는 적극적인 모습이었다. 이내 우리 대화는 열기를 띠었고 죽음을 완전히 객관화하는 엔데의 태도에 감명을 받았지만, 뭐랄까 엔데의 속마음까지는 알 수 없었다. 하지만 지금도 죽음에 관해 이야기하기를 잘했다고 생각한다.

엔데와 이야기를 나눌 때면 미하엘 엔데라는 정원을 무작정

거니는 것만 같았다. 거기에는 꽃이 만발한 화단도 있고, 가을 바람에 흔들리는 수목도 있었다. 또 어디서부터 흘러 나오는지 모를 물도 봤다. 정원 옆으로는 지평선 너머까지 끝없이 들판이 펼쳐져 있는 것 같았다.

정원이란 자고로 여백의 확장, 그러니까 간격이 중요하다. 아니, 바로 그것이 정원의 본질이라 해도 좋을 것이다. 나는 엔데와 이야기를 나누며, 엔데의 이야기의 여백을 거닐었다. 그것은 엔데라고 하는 '이야기'의 여백이기도 하다.

내용을 정리하기 위해 내가 말한 부분은 나중에 조금 덧붙인 게 있다. 엔데의 말은 가능한 한 그대로 옮겼다. 이렇게나 많은 이야기를 앞에 두고 보니, 엔데가 더 이상 이 세상이 없다는 사실이 믿기지 않는다.

책의 출간 즈음하여 저편으로 여행을 떠난 엔데 선생과 뮌헨에 계신 마리코 부인에게 먼저 감사의 마음을 전한다. 엔데 선생은 체력이 쇠하기 시작할 때도 늘 온 정성을 다해 말해주었다. 또 마리코 부인은 항상 내가 이야기를 잘 들을 수 있게끔 신경 써주셨고『엔데 전집』이 간행될 무렵, 이 이야기를 월보에 연재하기를 희망했으며 엔데 선생의 수많은 사진을 기꺼이 제공해주었다.

엔데 부부의 오랜 친구로 뮌헨에 살고 있는 시이나 도모코 선생은 월보에 연재할 때부터 번역 원고에 대한 의견을 주었고, 그 외에도 직접 촬영한 사진을 여러 장 제공해주었다. 시이나 도모코 선생에게도 감사 말씀을 드린다.

더욱이 아내 베티나가 독일인의 관점에서 의견을 준 것은 커다란 도움이 되었다.

아와나미서점 편집부의 사카모토 준코 씨에게는 월보 연재 때부터 여러모로 신세를 졌다. 감사를 전한다.

2000년 1월

다무라 도시오

엔데와 이야기:
엔데 탄생 80주년을 기념하며

다무라 도시오

"여백이야말로 사실은 가장 중요한 부분이죠"(98쪽)

이 책에 나오는 엔데의 말은 만년에 그의 일상에서 함께 나누었던 대화를 수록한 것이다. 작업을 진행하던 중 엔데가 타계하면서 마지막 담화집이 되어버렸지만, 이렇게 되리라고는 꿈에도 생각지 못했다. 그간의 사정은 '후기'에 어느 정도 실었다.

후기에도 썼지만, 엔데는 '이야기'를 아주 좋아했다. 이야기 상대가 생기면 언제다 두 눈을 반짝이며 말하곤 했다.

게다가 엔데는 좌담의 명수였다. 가령 이 책에 수록된 '잠수하는 병실 옆자리 사람'을 읽어보라. 우스꽝스러운 사람을 관찰한 이야기를 들려줄 때 엔데는 정말로 신이 나 보였다. 이야기 작가 엔데는 '말하는 것'을 좋아하는 사람이었다. 그래서인지 엔데가 쓴 이야기도 '이야기 하는 것'이 토대가 된다.

그런 까닭에 엔데가 창작의 시작점으로, 세계대전이 끝나고 얼마 지나지 않아 시칠리아섬 팔레르모 광장에서 만났던 칸타스토리에(이야기꾼)의 이야기를 거듭 밝힌 것은 수긍이 간다.

"그 경험은 나에게 결정적인 계기가 되었습니다.

'이야기는 이렇게 쓰는 것이구나. 한 세기가 지난 후에도 팔레르모의 광장에서 메르헨의 이야기꾼이 들려줄 수 있을 정도의 이야기 말이다' 하는 생각이 뇌리를 떠나지 않았어요."

이 책에 수록된 대화에서도 보면, '이야기'(여기에서 히라가나로 적은 '이야기ものがたり'는 작품을 이루는 근원적인 것을 의미한다)란 먼저 '이야기하는 것'이라고 엔데는 말했다. 난로 앞이나 광장에서 이야기가 흘러나올 때 사람들이 모여들어 귀를 기울이고 이야기에 빠져든다.

이야기의 사회적 기능이라고 해도 좋을 것이다. 엔데에게는 이것이 중요했다.

이야기, 이야기하는 것 그리고 언어에는 근원적인 질서가 있고 그 질서는 모두의 것이다. 그러니까 이야기는 개개인의 마음에 뭔가를 비추고, 동시에 모든 이의 새로운 세계를 만들어내는 존재인 셈이다.

이 점은 엔데의 문학활동이 나치 독재 정권과 전쟁, 패전의 폐허라는 배경에서 나왔다는 사실과 무관하지 않다. 이 세계는 새로운 도덕과 함께 항상 새롭게 창조되어야 했으니까.

그런 이야기는 엔데 개인이 만들어낸 것이 아니다. 엔데뿐 아니라 어떠한 개인도 초월한 것이다. 그래서일까 엔데는 이야기에 귀를 기울이려 애썼고 그가 지향하는 이야기는 기존의 것과는 달랐다.

"네, 처음부터 문학을 향한 나의 노력은 오로지 그것뿐이었어요. 그 자체로 조화로운 '그림'의 세계를 찾는 것이요 그 세계는 바깥세상과는 별개여도 괜찮습니다."

엔데는 평소 우리에게 익숙한 이야기 형태를 '통상적인 이야기 논리' 혹은 '원인과 결과의 논리'라고 했다. 이러한 논리는 주변의 물건이나 현상에는 모두 원인이 있다고 가르친다. 그리고 빚어진 결과는 또 원인이 된다……는 식으로 이어진다. 여기서 어떤 독자는 막스 무토의 여행을 떠올렸을 것이다.

알파를 풀기 위해선 조금 물러서야 한다. 먼저 베타가 필요하기 때문이다. 그리고 베타를 풀기 위해서는 감마가 필요하다.

_「여행가 막스 무토의 비망록」『자유의 감옥』

세상사가 항상 인과 논리 아래에 있다면, 세상을 표현하는 문학도 그 논리의 지배에서 벗어날 수 없는 법이다. 엔데 또한 여기에 저항하기 힘들었지만, 그는 자신의 문학을 인과 논리에서 자유롭게 하려는 것을 목표로 삼아왔다. 현세의 자연의 논리가 지배하는 장, 즉 그것은 현세의 이야기가 될 것이며, 그 안에서는 오류가 없지만 이야기에는 근원적으로 그것을 넘어선 자유가 있어야 한다고 엔데는 생각했다. 현세를 초월한 차원에서 비롯되는 것으로, 물건이 아니라 '가치'의 새로운 모습이 창조되어야 한다.

하지만 과연 세상사를 지배하는 논리를 넘어서서 이야기를 쓸 수 있을까?

엔데는 시행착오의 길을 걷게 된다. 이러한 노력은 당연히 그의 작품에 드러났다. 『모모』를 예로 들자면, 『모모』는 '시간을 훔치는 도둑과 그 도둑이 훔쳐간 시간을 찾아주는 한 소녀에 대한 이상한 이야기'라는 긴 부제에서 알 수 있듯이 도둑을 물리치는 모험담이다. 그런 식의 이야기 전개에서 독자는 대체 새로운 시도는 뭔가 하고 의문을 품을 수도 있다.

내가 주목한 점은 스토리가 아니라 주인공 모모의 존재 방식이다. 이 동화에서 엔데는 모모를 조용히 그곳에 있기만 하는 이상한 소녀로 묘사했다. 모모는 이른바 행동파가 아니라 존재파인 것이다. 특히 이야기 전반부에 뚜렷하게 나타나는데, 모모를 상징하는 특징은 귀를 기울이는 자세다.

시간을 훔치는 도둑들로부터 세계를 구하겠다는 대모험담에서 그곳에 있기만 한 '존재파' 모모를 영웅으로 삼는 것 자체가 이미 큰 모험인 셈이다. 제임스 본드만 봐도 알 수 있듯이 영웅이 과감하게 행동함으로써 이 세상을 구하는 게 모험담의 정석이다.

엔데가 『모모』에서 정적인 형태의 영웅을 시도한 이유는 행동을 통해서가 아니라 정적으로, 즉 회화적으로 이야기가 전개되지 않을까 하고 기대했기 때문이다. 동시에 세계를 건강하게 만들려면 과감한 행동보다는 우선 새로운 가치의 형태를 잘 이해하는 것이 필요하다고 확신했을 것이다.

엔데는 이런 시도를 통해 모모라는 소녀에게 독특한 매력을 부여했지만, 과연 본래의 의도를 달성했을까. 모모는 물론 이 소설 전체에서 행동한다. 후반부에서는 시간을 훔치는 도둑들을 몰아넣고 소탕할 정도로.

아무래도 모험은 정적인 자세만으로는 무리였나보다.

『끝없는 이야기』에서는 이야기가 ('부부 은자' '도깨비 마을'이라는) '배경'과 연결되는 것 말고는 형태에 그다지 얽매이지 않는 것 같았다. 이야기의 차원 자체에 몰두했기 때문일 것이다. 그리고 이 작품에서 드러나야 했기에 표현한 것은 이야기라고 하는 것의 윤곽이었다. 엔데는 『끝없는 이야기』에서 이야기의 본질을 설파했고, 이야기가 끊어지는 지점도 묘사한다. 바로 '허무'다.

거기서 엔데가 묘사한 것은 '뜻'과 '의미'의 소멸이었다. '뜻' 과 '의미'가 사라진 다음에는 허무가 번진다. 그렇게 이야기의 나라, 의미의 세상, 환상의 세계를 좀먹는 것은 '허무'였다.

허무란 사물이 사라지는 것을 의미하는 게 아니다. 수많은 물건에 둘러싸여 있어도 사람은 허무에 휩싸이니까.

우리 인간에게 허무란 사물의 유무나 수량의 문제가 아니라, 어디까지나 '뜻'과 '의미'가 있는지 없는지의 문제다. 우리의 마음에 와닿는 것이 있는지 없는지, 중요한 것은 바로 이것이다.

물건을 아무리 많이 소유하고, 아무리 강한 자극이 와도, 소리가 아무리 커져도 얻을 수가 없다. 넘쳐나는 물건들 사이를 헤집고 다녀도, 의미가 말을 걸어오지 않는 한, 마음에 와닿지 않는 한 아무것도 없는 것과 마찬가지다. 허무에 둘러싸인 마음은 또한 공허한 법이다.

후기 단편 「교외의 집」이나 「자유의 감옥」을 읽은 사람은 허무에서 악이 생겨난다는 걸 알아차렸을 것이다(두 작품 모두 『자유의 감옥』에 수록).

그렇다고 허무와 악을 동일시하는 건 옳지 않다. 허무는 선도

악도 아니다. 고로 악도 그저 무언가 생겨나는 차원으로 이해해야 할 것이다.

엔데의 이야기관을 알려면 『거울 속의 거울』을 읽어보라.

애독자라면 당연히 알고 있겠지만, 이 참신한 작품은 여러 에피소드가 연결된 연작 단편집의 형식을 띤다. 책이 하나의 긴 이야기는 아니지만 각각의 에피소드는 '배경'으로 그려지고, 하나의 배경에서 다음 배경으로 넘어간다. 하지만 처음과 마지막 에피소드가 전체의 틀이라는 점을 감안하면 하나의 이야기로 봐야 할 것이다.

『거울 속의 거울』의 묘미는 배경의 구성뿐 아니라, 무엇보다 배경에서 배경으로 넘어가는 연결성에 있다('그림'으로 에피소드가 연결될 뿐 아니라 불가사의한 배경과 이론 중심의 문장을 가로지르는 듯 가물거리는 외다리 남자, 말, 살찐 여자, 아이와 같은 모티프의 흐름에도 주목한다).

배경의 구성 요소 혹은 배경 자체를 '정'의 부분이라 하면, 그 사이에 존재하는 '부'의 부분인 여백이 엔데가 생각하는 '이야기'가 드러나는, 즉 이야기의 중요한 부분인 것이다.

(앞서 언급했듯)'여백이라 여겨지는 것이 사실은 가장 중요하다'는 말이다. '정' 사이에 있는 '부'라고 하면 아무것도 없는 허무의 부분이라고 하겠지만, 이 허무는 『거울 속의 거울』에서는

이야기의 울림이 들려오는 여백이나 다름없다.

'허무'는 이처럼 풍요로운 '여백'의 배경에도 존재할 수 있는 것이다. 여백에서 이야기는 말을 걸어온다.

엔데가 귀를 기울인 이야기의 울림을 당신도 들어볼 텐가.

넘쳐나는 물건들 사이를 헤매고 다녀도 '뜻'과 '의미'는 찾을 수 없다. '뜻'과 '의미'가 마음에 와닿는 지평이 생기려면 진·선·미와 같은 가치가 지평선 너머로 구체적이고 새로운 모습을 드러내야만 한다. 이야기가 개개인의 마음에 울려 퍼지고, 모두가 그 거대한 바다에 잠기도록 새로운 모습이 사람들의 마음에 움틀 때, 비로소 인류 모두의 것으로 보편적 풍요가 되는 것이다.

엔데에게 이야기는 그러한 지평선을 그리는 시도였다.

2009년 10월

옮긴이의 말

내가 미하엘 엔데를 처음 접한 것은 『모모』를 통해서였다. 그다음은 『끝없는 이야기』로, 그때까지는 마르지 않는 샘처럼 무한한 상상력을 지닌 동화작가로만 알았다. 하지만 『거울 속의 거울』을 읽고는 뒤통수를 심하게 얻어맞은 듯 정신이 멍했다. 『거울 속의 거울』은 제목처럼 어떤 장부터 읽어도 마주하고 있는 두 개의 거울 속을 들여다보는 것같이 어지러웠다. 마치 미로 속을 헤매는 것처럼 답답했지만 등장인물과 배경은 나의 오감을 자극했고 책에서 눈을 뗄 수 없게 만들었다. 그러니까 나는 그때까지 엔데를 한참 잘못 알고 있었던 것이다. 도대체 어떤 사람이기에 이런 글을 쓸 수 있을까라는 생각은 책을 덮은 순간까지도 머릿속에 맴돌았고 오히려 책을 다 읽고 나자 그 궁금증은 커져만 갔다.

뭔가 정리되지 않은 채 엔데와의 만남은 그렇게 일단락되는가 싶었다. 하지만 그러던 중 이 책을 만났다. 다무라 도시오가 엔데와 함께 나누었던 수많은 주옥같은 대화를 그저 흘려보내기에는 너무 아까워 그의 사상을 차곡차곡 책으로 엮어낸 것이 바로 이 책이다. 엔데가 말하는 이야기, 놀이, 유머, 정신적인 것, 물질적인 것, 꿈, 삶과 죽음은 결코 쉽게 이해되지는 않는다. 그가 하는 말은, 그의 이야기처럼 상상력을 불러일으키고 마음속으로 뭔가를 계속 그려보게끔 했다. 잡힐 듯 잡히지 않는 희뿌연 느낌은 엔데의 사상이 어려워서라기보다 나 역시도 어려서부터 인과 논리에 흠뻑 젖은 채 자라왔기 때문이 아닐까. 인간이라는 존재와 삶을 전혀 다른 시선으로 봐야만 엔데의 말을 이해할 수 있을 것이다.

그렇게 엔데의 이야기를 쫓아가다보니 『거울 속의 거울』을 읽을 때처럼 내 속에 묘한 울림이 있었다. 지금 내 앞의 세계가 진실인가, 내가 중요하게 여겼던 것들은 정말로 중요한 것인가, 삶이란 무엇인가. 엔데의 말들은 나에게 도끼가 되었고, 그것을 우리말로 옮기는 작업은 그야말로 가슴 벅찬 경험이었다. 더욱이 이 책은 엔데의 마지막 숨결까지 고스란히 느낄 수 있는 특별한 대화이자 이야기라는 수단을 통해 풀어낸 환상세계와도 같은 엔데 사상의 결정체라 해도 좋을 것이다. 엔데는 비록 이 세상에 없지만, 그러면 언어와 놀이하며 유머와 환상이 넘치는 저 너머 영원의 나라에서 여행을 즐기고 있을 것이다. 환한 얼굴로 우리를 기다리면서 말이다.

"분망한 세상의 방랑자여,
시간 속에서 우리는 정처 없다네.
오로지 사심 없는 순수한 사랑을 통해서만
그대는 지금과 여기에 이르리라.
영혼이여, 준비할지라.
지금과 여기는 영원이나니!"

_『거울 속의 거울』

미하엘 엔데의 글쓰기

초판인쇄 2022년 7월 18일
초판발행 2022년 7월 25일

지은이 미하엘 엔데, 다무라 도시오
옮긴이 김영란
펴낸이 강성민
편집장 이은혜
기획 노만수
편집 함윤이
제작 강신은 김동욱 임현식
마케팅 정민호 이숙재 김도윤 한민아 정진아 우상욱 정유선
브랜딩 함유지 함근아 김희숙 안나연 박민재 박진희 정승민

펴낸곳 (주)글항아리 | 출판등록 2009년 1월 19일 제406-2009-000002호
주소 10881 경기도 파주시 회동길 210
전자우편 bookpot@hanmail.net
전화번호 031-955-2696(마케팅) 031-955-1936(편집부)

ISBN 979-11-6909-017-9 03800

www.geulhangari.com